KB138745

귀농명 위키와
나

귀농멍 위키와 나

1판 1쇄 인쇄 2021년 9월 1일
1판 1쇄 발행 2021년 9월 10일
지은이 한태훈
일러스트 민효인

발행처 마리앤미
발행인 김가희

등록 2020년 12월 1일(제2020-000053호)
전화 032-569-3293 **팩스** 0303-3445-3293
주소 22698 인천 서구 승학로506번안길 84, 1-501
메일 marienmebook@naver.com
인스타그램 @marienmebook

ISBN 979011-972861-7-9 03810

· 잘못 만들어진 책은 바꿔드립니다.

학대받던 이웃집 강아지와
택배 청년의 무작정 귀농 이야기

귀농멍 위키와
나

한태훈 × 한위키 지음

마리앤미

차례

≡ *dcinside.com*

HIT 갤러리 〉

ıll KT LTE 　　　오후 10:42

쇼핑　JOB&　MY구독　우리동네　**동물공감**　+

낚시꾼 제지한 동물활동가가 오히려
처벌받게 된 사연

동물과 사람 이야기

학대 받던 개 구출해 모은 돈
다 쓰고, 귀농한 아빠

산책 나왔다가 체력 방전.. 주
인 등에 업힌 댕댕이

ıll KT 　　　　오후 2:58

D ☆

2 오피넷 　∨　서울 ☁ 17℃

홈&쿠킹 동물 스타일 자동차+ 여행맛집 ≡

1인1멍 귀농 1주년.

코끼리 등에 올라 탄 카다시
안에 '동물학대' 비난 쏟아져

이 글은 2018년 유명 온라인 커뮤니티에 게시되어 화제가 되었습니다. 이 글을 시작으로 위키의 이야기는 여러 커뮤니티 사이트와 유명 포털 사이트에 게시되었고, 〈애니멀봐〉(SBS 〈TV 동물농장〉의 유튜브 채널)에도 출연하며 많은 사람의 공감과 사랑을 받았습니다. 그 사랑과 관심에 보답하고자 위키의 더 많은 이야기를 해보려고 합니다.

1인 1멍 귀농 1주년

2017년 10월 15일에 서울에서 경북으로 우리 개 위키랑 단둘이 귀농했다. 나는 위키를 한 살 생일부터 키웠고, 위키는 내가 처음 맞이한 반려동물이다.

첫 주인이란 놈이 두들겨 패고 접종도 안 해줘서 그동안 파보바이러스, 심장사상충 치료를 해서 살아났고, 2년 전엔 갑자기 네 다리가 다 마비되어 못 걸었다. 중증근무력증이라는 병이었는데, 그것도 다 이겨내고 지금은 튼튼하다(이 병은 완치가 없어서 나중에 또 쓰러지면 다시 약을 먹어야 한다).

이 병을 치료하면서 귀농을 번갯불에 콩 볶아 먹듯 결정해서 빈집을 알아보고 귀농했다. 우리는 매일 아침 한 시간, 오후 두 시간씩 산책을 한다. 사과랑 감이 많이 나는 동네라 낙과를 주워 먹고, 여름엔 집 앞 냇가에서 매일 물놀이를 한다.

혹시 도시에서 혼자 멍멍이 키우면서 사는 사람 중에 귀농 귀촌에 관심 있는 사람은 연락하면 성심껏 도와주겠다. 분명히 경제적 어려움은 있다. 하지만 하나뿐인 가족과 매일 함께 하며 자연을 벗하는 즐거움이 훨씬 크다.

그리고 책임감 없는 사람들은 개를 키우지 않길 바란다. 위키 기르면서 돈도 많이 썼지만, 사랑 없이는 절대로 기를 수 없다는 걸 깨우쳤기 때문이다.

나도 위키를 기르지만, 위키도 나를 기른다.

2018년 11월 5일

1부
첫 만남

우리들은 서로의 일생을 운명이라 믿으며 살았지만,

처음부터 그렇게 생각한 건 아니었다.

우리들의 만남은 이웃의 소음으로 인해 시작된 우연이었다.

지금부터 하려는 이야기는

우연으로 만나 인연이 되고, 운명같이 아들이 된,

우리 개 아들 한위키에 대한 이야기다.

나, 아빠를
만나다

안녕하세요!

저는 골든레트리버이고, 이름은 한위키예요. 제 이름이 처음부터 한위키였던 건 아니었어요. 원래 성 없이 그냥 '위키'였지만, 지금의 아빠를 만나 한위키가 되었어요.

제가 새로운 아빠와 가족이 된 이야기, 우리 가족이 우여곡절 끝에 시골로 귀농하게 된 이야기를 시작하려고 해요.

멍! 그러면 지금부터 제 이야기를 들어보시겠어요?

2012년 1월 18일, 저는 서울에서 태어났어요. 세상에 나온지 3주쯤 되었을 때 첫 인간 부모를 만나게 되었어요. 댕댕이 가족 틈에서 여러 가지를 배워야 할 시기였지만, 안타깝게도 엄마 젖도 떼기 전에 인간 부모에게 입양되었어요. 이유를 알 순 없지만, 대체로 인간 부모들은 아기 강아지를 더 좋아하는 것 같아요. 저는 댕댕이 가족과 헤어지기 싫었지만 입양되었고, 인간 가족과의 첫 삶이 시작되었어요.

첫 인간 가족은 외국인 유학생 커플이었어요. 엄마, 아빠는 유학 생활이 외롭고 고단해 위로를 얻고자 저를 입양했대요. 저를 입양하기 전 엄마는 소형견을 원했지만, 아빠가 사자 갈기처럼 멋진 털이 있는 큰 강아지가 좋다고 우겨서 골든레트리버인 제가 선택되었어요.

처음 입양이 되어서는 엄마, 아빠가 저를 아주 예뻐했어요. 그러나 공부와 일을 병행하는 유학생이었기 때문에 엄마, 아빠는 너무 바빴어요. 그런데 제가 입양이 된 지 얼마 지나지 않아 엄마, 아빠의 사이가 나빠졌어요.

엄마는 여전히 저를 예뻐하고 아꼈지만, 저랑 놀아줄 시간도 없이 녹초가 되어 잠들기 바빴어요. 아르바이트를 끝내고 오는 시간은 항상 새벽 한두 시였기 때문이에요. 아빠라도 저를 돌봐줬으면 좋았을 테지만, 그러지 않았어요. 결국 엄마,

아빠가 다투는 날이 늘어나며 저에게 점점 관심을 두지 않았
어요.

저는 대부분의 시간을 혼자 보냈어요. 제가 가족과 같이 있
는 때는 새벽의 짧은 시간뿐이었지만, 그래도 저는 엄마, 아빠
와 같이 있다는 것이 좋았어요.

아주 어릴 적 댕댕이 가족과 떨어진 저는 배운 것도 없었어
요. 더군다나 혼자 있는 시간이 많았기 때문에 인간 엄마, 아

빠에게서도 규칙이나 예의를 배울 수가 없었어요. 그래서 인정하고 싶지 않지만 저는 '사회성 부족', '매너 없음'을 모두 갖춘, 소양이 모자라는 개가 되었어요.

우리 인간 아빠 한 씨는 가끔 이런 말을 해요.

"한위키가 처음부터 날 만났으면, 개 같은 개가 됐을 텐데……."

물론 아빠의 엄청난 착각이라고 생각해요. 그 반대이진 않을까요?

"아빠가 처음부터 날 만났으면, 인간 같은 인간이 됐을 텐데……."

아무도 가르쳐주지 않아서 저는 무엇이든 혼자 배워나가야 했어요. 볼일이 급하면 아무 데나 싸고, 짖고 떼써서 모든 걸 해결했고, 으르렁거리면서 겁주거나 물면 제 뜻대로 이뤄진다는 걸 혼자 배웠어요. 누가 알려주지 않아도 제가 터득한 방법으로 해결하는 저 자신이 그땐 참 기특했어요. 한창 배워야 하는 때 배우질 못했으니, 규칙도 모르고 예의도 없는 것은 당연했어요.

제멋대로이고 예의 없는 저를 보고 인간들은 실망했어요. 인간들은 골든레트리버라면 대개 천사 같은 외모와 순하고 무던한 성격으로 알더라고요. 그렇지만 저는 잘생긴 걸 빼면 전혀 골든레트리버 같지 않았어요.

엄마, 아빠는 점점 더 많이 싸웠고, 아빠는 폭력을 쓰기도 했어요. 아빠는 화가 나면 저를 때렸고, 저는 아프니 짖어야 했고, 아빠는 짖는다며 또 저를 때리고, 저는 아프니 또 짖는 악순환이었어요.

저는 용변을 보아도 패드를 제때 갈아주는 사람이 없어서 구석을 찾아 싸야만 했어요.

에너지가 넘치는 시기라 많이 놀아야 하고 다양한 사람, 다양한 물건, 다양한 상황을 경험해봐야 했지만, 저는 좁은 집 안에 혼자 있었어요. 싸우고 때리는 주인을 기다리면서 혼자.

그날도 마찬가지였어요. 엄마, 아빠는 격하게 싸웠고, 그 분노는 저에게 향했어요. 너무 아팠고 무서웠어요. 엄마, 아빠에게 그만하라고 큰 소리로 짖고 울었어요.

그때, 어떤 남자가 소리를 지르며 문을 열었어요.

"좀 조용히 할 수 없어요? 개가 너무 짖으니까 시끄러워서 쉴 수가 없잖아요!"

"죄송합니다."

문을 열고 들어온 남자와 엄마가 이야기를 하는 동안에도 아빠는 저를 때렸어요. 저는 계속 울부짖었어요.

그때 문을 열고 들어온 그 남자는 저를 자기 집으로 데려갔고, 그렇게 우리는 얼떨결에 새 가족이 되었답니다.

나, 아들
위키를 만나다

어디 가서 취직하기 어려울 만큼 배운 게 없었다. 딱히 할 줄 아는 게 없었다. 그래서 택배를 시작했다. 처음 시작한 건 2006년이었다. 굉장히 힘든 일이어서 꾸준히 지속적으로 하지 못했다. 2009년에 한 번 그만뒀고, 그 후 가끔 아르바이트 형식으로 택배를 했다.

2013년 택배를 다시 전업으로 삼았다. 그리고 그해 1월, 제기동 경동시장을 구역으로 받았다. 재래시장의 특성상 차가 진입하지 못하므로 걸어서 배송해야 했다. 게다가 택배 물건의 대부분은 농산물과 부피가 큰 짐들이었다. 다른 택배 기사들은 트럭을 오르내리며 물건을 손에 들고 배송하지만, 이곳은 차에서 짐을 내려 손수레에 실은 다음 몇십, 몇백 미터를 걸어서 배송해야 했다. 그러니 이곳은 아무도 맡으려 하지 않던 곳이었다.

택배 집배 최악의 기피 구역, 경동시장. 택배로 복귀하며 원했던 지역은 처음 시작했던 전농동이었다. 하지만 지점장은 경동시장을 나에게 맡기고 싶어 했다. 용차(외부 용역)들도 회피하는 지역이었다. 정말 맡고 싶지 않은 곳이었지만, 지점장은 확고했고 협상의 여지도 없이 이곳을 떠안았다.

그 당시 나는 먹고사는 문제가 막바지에 다다른 상황이었으며, 무기력했고, 경제적으로 완전히 파탄 났으며, 당장 잠을 잘 집도 구하지 못한 상황이었다. 어떻게든 먹고살아야 하기 때문에 돌아온 직업, 어쩔 수 없이 떠안게 된 지역이었다.

우울했고 비관적이었다. 하루하루가 지겨웠고 힘들었다. 가장 힘든 것은 배송 목적지를 찾는 일이었다. 재래시장의 특성상 공동 번지가 많았다. 다른 지역은 번지에 건물이 하나 있는 데 반해 여기는 번지 안에 건물이 여럿 있는 경우도 많고, 그 건물 안에는 수십 개, 수백 개의 점포가 있었다. 번지수를

적지 않고 경동시장 내 무슨 상회라고 해서 오는 경우가 허다했다. 지금이야 머릿속으로 시장 전체의 지도도 그릴 수 있지만, 처음 시작할 때는 정말 서울에서 김 서방 찾는 격이었다. 이런 막돼먹은 동네에서 택배를 하는 것은 극한 직업이었다. 그렇게 열흘 정도 지나니 조금씩 몸에 익기 시작했고, 눈코 뜰 새 없이 바쁘고 고된 하루에 잡념이 사라졌다.

집을 구해 이사했다. 열흘간의 수수료를 계산해보니 배송으로 꽤 벌었다. 확실히 몸이 고단한 만큼, 배송으로는 다른 지역에 비해 돈벌이가 되었다. 낙관적으로 생각하기로 했다. 여기서 열심히 해서 집하도 많이 하고 연말에는 수수료 400만 원을 찍자는 구체적인 계획을 짰다.

결과적으로 이것은 최고의 선택이었다. 연말에 찍고 싶어 하던 400만 원 수수료는 일을 시작한 지 네 달째인 2013년 4월에 돌파했다. 2017년 10월 귀농하기 직전 내 수수료는 1,050만 원이었다.

여기서 일하며 위키를 만났고, 기르는 데 문제없을 만큼 돈을 벌었고, 열심히 사는 게 뭔지 배웠다. 나는 이곳에서 완벽히 재기했다. 할 줄 아는 게 없었지만, 많이 움직이고 열심히 하는 만큼 노동의 가치를 인정받았다. 그래서 택배는 나의 30대를 지켜준 고마운 직업이고, 경동시장은 고향과 같은 곳이다.

다만 새로 이사 온 집에 문제가 하나 있었다. 옆집이 너무 시끄러웠다. 남녀가 사는 집이었는데, 자주 싸웠고 개가 너무 짖어댔다. 실제 본 적은 없지만 짖는 소리를 들어보면 엄청나게 큰 개 같았다.

2013년 1월 18일, 그날도 그랬다. 술도 한잔 걸쳐 용감해졌겠다, 너무 시끄러워 찾아갔고, 문은 열려 있었다.

"좀 조용히 할 수 없어요? 개가 너무 짖으니까 시끄러워서 쉴 수가 없잖아요!"라고 큰 소리로 말하며, 문 너머 방 안을 보았다. 방 안의 남자는 소리를 지르며 발길질을 해대고 있었고, 개는 울부짖고 있었다. 내가 늘 듣던 그 소음의 현장이었다.

'아, 개가 맞아서 우는 거였구나.'

좀 더 유심히 그들을 살펴보았다. 정도가 심한 듯해서 말려야 하나 어쩌나 고민할 때였다.

"죄송합니다."

개의 주인으로 보이는 여자가 말했다.

"맨날 개를 저렇게 때려서 짖는 거예요? 일단 돌아갈 테니까 주의 좀 해주세요. 개를 저렇게 때리면 한국에서는 위법이에요."

문을 닫고 집으로 돌아가려는데, 또다시 울부짖는 소리가 들려왔다. 나의 오지랖이 문제였다. 다시 그 집 문을 열었다. 그날 내가 왜 그랬는지 나도 모르겠지만, 이렇게 소리쳤다.

"야, 이 개자식아! 개를 그렇게 패는데 안 짖냐? 그리고 개를 왜 때려! 아파서 짖는 거 안 보이냐! 그 개 내놔!"

우발적이었다. 그렇게 그 남자에게서 개를 낚아채 우리 집으로 데리고 왔다. 골치 아픈 문제들이 풀리려고 하는 이때,

왜 하필 이 개는 내 인생에 끼어들었을까? 인생의 실패자 타이틀을 떼고 싶어 하는 택배 아저씨와 희한한 레트리버 위키의 첫 만남.

우리들은 서로의 일생을 운명이라 믿으며 살았지만, 처음부터 그렇게 생각한 건 아니었다. 우리들의 만남은 이웃의 소음으로 인해 시작된 우연이었다.

지금부터 하려는 이야기는 우연으로 만나 인연이 되고, 운명같이 아들이 된, 우리 개 아들 한위키에 대한 이야기다.

2부
위키와의
동거

다행히 위키는 퇴원을 했다.
파보바이러스를 이긴 강아지 위키.
위키의 별명 중 하나는 '맹우'인데,
퇴원하던 날 집에 돌아오며 노래를 힘차게 불렀다.
"소맹우야 소맹우야 언제나 푸른 네 빛."
극적으로 살아난 위키는 이날
'내 마음속 언제나 푸른 소나무'가 되었다.

그렇게
우리는 같이
살기로 했다

무작정 위키를 데려오기는 했지만, 처음부터 위키와 함께 살기로 결정을 한 것은 아니었다. 30년 넘도록 동물을 길러본 적도 없거니와 길러보고 싶다는 마음을 가진 적도 없었다. 아무런 대책 없이 데려온 것이었다. 그렇다고 당장 어떤 판단을 내릴 여유도 없었다. 우선 하루를 지내고 다음 날 위키의 주인 여자에게 연락을 해서 상의하기로 했다.

위키는 순순히 우리 집에 따라 들어왔다. 그러고는 코를 킁킁거리더니 화장실 앞 모서리에 오줌을 찔끔 쌌다. 또 킁킁거리더니 냉장고 옆 선반에 오줌을 찔끔 쌌다. 좁아터진 집에 대체 무얼 살필 게 있다는 건지, 계속 킁킁거리며 오줌을 찔끔찔끔 군데군데 싸질렀다.

어느 정도 개 박사가 된 지금은 이게 본능적인 마킹이고 잘못된 버릇이기에 어릴 적부터 가르치면 교정이 가능하다는 걸 알지만, 당시에 나는 그저 당황스럽고 화가 날 뿐이었다.

"야! 이 자식아, 왜 오줌을 처싸? 차라리 한 번에 싸든지. 이거 완전 미친놈이네."

"으르렁 으응 그릉그릉."

"뭘 잘했다고 으르렁대고 난리야? 어? 아오! 내가 이 자식을 왜 데려와 가지고."

평상시 걸레질은 절대 하지 않았던 터라, 수건으로 위키의 오줌을 훔치고 빨았다. 이제 수건은 걸레가 되었다. 수건을 빨고 나오니 이번에는 똥을 쌌다. 지금껏 인간을 포함해 어떤 동물의 똥도 치워보지 않았던 나는 빗자루와 쓰레받기를 이용해 똥을 담은 후 변기에 흘려보냈다. 이제 이 빗자루와 쓰레받기는 똥 치우기 전용 도구가 되었다.

위키는 집 안 탐색이 끝났는지 출입문 앞의 타일 위에 엎드렸다. 그때는 위키가 왜 그 자리에 엎드렸는지 몰랐지만, 지금은 안다. 위키는 골든레트리버라서 겨울에도 실내에서는 더

위를 느낀다. 그래서 시원한 자리를 찾아서 앉은 것이다.

밥그릇에 물을 떠주는데 이놈의 개가 왜 이렇게 큰지, 밥그릇으로는 어림없어 보였다. 대접에 물을 받아 바닥에 내려줬다. 목이 말랐는지 벌컥벌컥 마셨다. 먹는 물이 반, 흘려서 바닥에 떨어지는 물이 반. 다른 수건을 하나 꺼내 바닥에 흐른 물을 닦아줬다. 이제 저 대접은 개 물그릇이 되었고, 또 하나의 수건은 제2의 걸레가 되었다.

순식간에 우리 집의 물건 몇 개가 위키의 차지가 되는 놀라운 일이 벌어졌다. 이때만 해도 이 빗자루와 그릇과 수건들이 영원히 위키 차지가 될 줄은 몰랐다.

34

'내일 이 자식 주인을 만나서 며칠만 봐준다고 하고, 며칠간 쓸 개 용품들을 달라고 해야겠다.'

이렇게 생각하며, 타일 위에 엎드린 위키를 뒤로한 채 방 안으로 들어갔다. 방 안에서 한참을 쉬던 나는 허기를 느껴 방 밖으로 나왔다. 방문을 여는 순간, 내 눈앞에 신발 끈이 해체되고 깔창이 밖으로 튀어나온 처참한 광경이 벌어져 있었다. 깔창은 이미 반쯤 뜯겨 있었다. 며칠만 버티면 될 거라는 자기 위안과 함께 분노를 참으며 널브러진 신발과 그 잔해들을 치웠다. 분명히 아침까지만 해도 텅 비었던 쓰레기봉투가 꽉 찼다. 신발과 개를 함께 두면 안 된다는 소중한 교훈도 얻었다.

밥을 먹고 돌아오는 길, 위키도 배가 고플 거라는 생각에 캔 사료를 사려고 편의점에 들렀다.

'사료를 사는 건 오버야. 며칠만 맡을 텐데 내일 개 주인한테 먹던 거 좀 싸달라고 하면 되지. 오늘 먹을 것만 있으면 되니까 캔 사료를 몇 개 사자.'

캔 사료를 들어 급여 용량을 봤다. 몸무게가 30킬로그램은 되어 보였으니 네 개를 사야 했다. 6,000원.

'패드를 깔아주면 똥오줌을 패드 위에 싸겠지? 어디 보자,

강아지 패드가……. 안 파는구나. 인간 환자용 패드를 사야겠다.'

1만 원. 캔 사료까지 합쳐서 1만 6,000원을 썼다. 지금이야 기꺼이 쓸 수 있는 돈이고 얼마 안 되는 금액이지만, 당시에는 나에게 꽤 큰돈이었기에 아까웠다.

밥을 먹는 잠깐 사이에 또 무언가를 부수고 어디에 똥오줌을 싼 건 아닐까? 불안한 마음과 함께 집으로 돌아왔다. 열쇠를 꽂는 순간, 문에 달린 창 너머로 위키가 꼬리를 흔들고 있었다. 문을 열자 뛰어올라 핥기 시작했다.

'이 개가 날 싫어하는 건 아니구나.'

캔 사료를 뜯고 보니 담아줄 그릇이 필요했다. 또 다른 대접에 캔 사료 네 개를 부어 숟가락으로 잘 섞은 다음 물그릇 옆에 내려줬다. 허겁지겁 먹는 모습을 보니 애잔한 마음이 들었다.

'너도 참 팔자가 좋지만은 않구나. 뭐 코앞이긴 하지만 원래 집에서 나와서 이렇게 눈칫밥을 먹고 있으니. 딱히 네가 눈칫밥을 먹는 건 아닌 것 같다만…….'

가만 보니 생긴 게 꽤 귀엽고 잘생겼다. 쓰다듬어주려고 손을 가까이 대자, 코에 주름을 잔뜩 잡으며 으르렁거리더니 주둥이를 내 손 쪽으로 '휙' 들이댔다.

"아니, 이 자식이 밥 주는 사람을 처물려고 해? 아오! 내 팔자가 기구하다. 이놈아! 내일 당장 다시 데려다 놓을 거야!"

노발대발하며 개에게 악다구니를 쏟아냈다. 그래도 조금의 눈치는 있는 걸까? 내 기분을 슬슬 살피며 구석으로 가 애처로운 표정을 짓고 있다.

"그런 표정을 지으면 어쩌라는 거야? 이놈아. 네가 그러면 또 불쌍해 보여서 마음이 약해지잖아."

날이 밝고, 개의 원주인 여자와 만났다. 애초에 남자는 개를 패던 인간이니까 만날 필요조차 없었고 나오지도 않았다. 어제는 경황이 없어서 몰랐는데, 주인 여자는 동네의 한 가게에서 아르바이트를 하던 학생이었다. 몇 번 만나고 얘기해본 적도 있는 사이였다.

"제가 어제는 개가 맞는 걸 보고 너무 놀라서 일단 데리고 왔는데, 다시 데려가야 하지 않겠어요?"

"남자 친구가 개를 자꾸 때려서 그러는데, 어떻게 안 될까요? 며칠만이라도요."

"제가 어지간하면 그러려고 했는데, 저도 상황이 그렇게 좋지는 않고 개를 길러본 적도 없어서요. 죄송하지만 안 되니까 다시 데려가세요. 근데 그쪽 남자 친구는 개를 대체 왜 때리는 거예요? 때리니까 짖고 시끄럽고 그렇잖아요."

"저랑 싸우면 화풀이를 꼭 위키한테 해요. 죄송합니다."

개를 다시 보내기 위해 주인 여자와 함께 우리 집에 왔다. 문을 열자 개는 여자를 보고 좋아서 어쩔 줄을 모른다. 여자가 목에 줄을 채워 데리고 우리 집 문밖으로 나섰다. 개는 신나서 졸졸 따라간다. 그런데 살던 집에 도착하자 개는 들어가려고 하지 않았다. 보다 못한 내가 줄을 끌고 원주인의 집으로 들이려 하자 개는 들어가지 않겠다며 버텼다.

혹시나 하는 마음에 줄을 잡고 우리 집 쪽으로 돌렸다. 그제야 개는 다시 언제 그랬느냐는 듯 성큼성큼 뛰어 우리 집 문 앞에 섰다.

처음으로 이름을 불러봤다.

"야! 이놈, 위키야. 집에 들어가자!"

위키는 점프해서 나를 핥고는 총총거리며 집으로 들어갔다. 위키의 전 주인에게 위키가 사용하던 모든 짐을 받아 가지고 왔다.

그렇게 우리는 같이 살기로 했다.

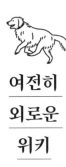

여전히
외로운
위키

위키와 함께 살기로 했지만, 처음부터 위키를 아들처럼 길러야겠다고 생각한 건 아니었다. 불쌍한 개 하나 거뒀으니 밥이나 제때 주고 가끔 산책이나 시켜줘야겠다는 마음이었다.

내가 해주는 거라곤 밥 주고 싼 거 치워주는 일뿐이었지만, 그게 생각보다 어려웠다. 시간을 꽤 들여야 하는 일이었고, 손도 많이 갔다. 무엇보다도 내 직업이 택배 일인지라, 그 시간을 내는 일이 힘들었다. 아침 7시 출근해서 오후 9시 퇴근하는 나로서는 너무 피곤했다.

위키 역시 때리는 주인만 없을 뿐, 이전과 같이 혼자 지내는 생활을 했다. 아침저녁으로 나와 함께 있는 몇 시간을 제외하면 위키는 늘 혼자였다. 좁은 집에서 혼자 있으니 심심했는지 위키가 오고 일주일이 채 안 되어서 집은 난장판이 되었다. 벽지 전체가 발톱에 갈려 사라졌고, 장판도 마찬가지였다. 화장실 문도 너덜너덜해졌다. 개에 대해 잘 알지 못했던 나는 위키를 원망하며 탓했다.

"거둬줬으면 얌전히 잘 있어야지. 왜 자꾸 살림을 거덜내?"

지금 생각하면 너무 미안하다. 위키는 아마도 이렇게 생각했을 것이다.

'새집에 왔어도 여전히 외롭네.'

시간이 흐르며 위키는 나를 잘 따랐다. 같이 산 지 두어 달쯤 지나자 위키는 밥 먹을 때 건드려도 으르렁거리지 않았고, 배변 패드는 씹어 먹을지언정 한쪽 구석에만 오줌을 쌌다. 똥은 한결 좋아져서 산책을 나갔을 때 해결했다. 처음 산책할 때는 이리저리 앞으로 튀어 나가기만 하고 불러도 돌아오지 않았지만, 점점 내가 이끄는 방향에 맞춰 산책하고 부르면 돌아왔다.

서로가 그렇게 점점 적응하다 보니 정이 쌓여갔다. 나는 조금씩 위키의 입장에서 생각하기 시작했다. 밥 주는 시간을 규칙적으로 바꿨고, 산책은 매일 하기로 했고, 가끔 간식을 주기도 했고, 침대에서 같이 자는 날도 만들었다.

가만히 위키를 지켜보니 위키는 그동안 인간과의 교감이 없이 유년의 1년을 보냈기 때문에 말썽꾸러기 강아지가 된 경우 같았다. 대형견 커뮤니티에 가입해 여러 가지를 배웠다. 배운 대로 꾸준하게 가르치다 보니 위키도 조금씩 바뀌어갔다.

처음과 달리 위키의 몸 어느 부분을 만져도 거부하지 않았고, 사람과 동물 모두를 두려워하고 싫어하는 성격의 위키였지만 사회성도 조금씩 생겼다. 또 위키는 나한테만큼은 늘 웃어줬다.

위키와 교감을 많이 쌓고 진짜 주인이 되었다는 생각이 들 때쯤, 위키를 하루 종일 집 안에 혼자 두는 것이 마음에 걸리기 시작했다. 하지만 혼자 살고 노동시간이 긴 직업을 가진 터라 방법이 없었다.

'어쩔 수 없는 부분이야. 그 대신 쉬는 일요일에 실컷 놀아

주자.'

그러나 실제로 피곤하다는 이유로 일요일에 실컷 놀아주지 못했다. 매일 하는 만큼의 산책보다 약간 더 했을 뿐이다. 그래도 위키는 산책 소리만 들으면 어쩔 줄을 모르며 신나했다.

개를 처음 기르게 되는 이유와 과정이 어떻든 산책과 교감은 가장 중요하다. 시간이 흐르고 배우며 산책과 교감이 얼마나 중요한지 이제는 알지만, 그때는 알지 못했다.

강아지의 시간은 인간의 시간보다 몇 배는 빠르게 흐른다. 나중에 무지개다리를 건너고 나면 함께 산책을 하고 싶어도 할 수 없다. 위키와 함께한 7년 10개월 동안은 함께한 모든 시간이 가장 후회되는 시간들이다. 그때 내가 조금 더 노력해서 위키를 알뜰살뜰 보살펴 줬더라면, 위키는 사람을 더 좋아하고 다른 멍멍이들과 어울릴 줄 아는 강아지도 되고, 더 행복해하지 않았을까? 불쌍한 개를 데려왔다는 자만심으로 위키를 외롭게 한 건 아닌가 하는 자책도 하게 된다.

돈이 많아 장난감을 많이 사 주고 간식을 배불리 먹게 해주면서도 같이 놀아주지 않는 주인보다는 가난하지만 매일 같이 놀아주며 산책을 해주는 주인이 낫다고 생각한다.

위키는 제일 좋아하는 간식을 먹다가도 산책 가방을 들면 먹는 둥 마는 둥 하며 빨리 나가자고 보챘다. 강아지를 기르기 전 꼭 명심하자.

'오늘부터 이 강아지는 나 하나만 바라보고 살다 떠난다. 외롭게 하지 말자.'

갑자기
쓰러진
위키

2013년 6월, 아침에 일어나니 위키가 한동안 안 싸던 똥을 싸놨다. 치우려고 보니 냄새도 평상시와 달리 고약하고 피도 섞여 있었고, 구토한 흔적도 있었다. 여느 때처럼 문을 열면 달려와서 안겨야 하는데, 가만히 몸을 동그랗게 말고는 힘없는 눈동자를 굴리며 쳐다봤다.

"위키! 왜 그래? 기운이 없어?"

말을 걸어도 여전히 힘없는 눈동자로 쳐다보기만 했다. 신경이 쓰였지만 좀 더 지켜보기로 하고 출근했다. 날씨가 더워져 활력을 잃은 건 아닐까? 대형견 카페에 문의해서 얻은 정보로 황태를 사서 집에 돌아왔다. 열쇠를 돌리는 소리가 나는

데도 위키는 예전처럼 꼬리를 흔들며 짖지 않았다. 문을 열자 아침과 마찬가지로 혈변과 구토 흔적이 있었고, 위키는 옆으로 누워 눈만 끔뻑이며 미동조차 하지 않았다.

"위키야! 위키, 위키야!"

연신 위키를 부르며 흔들어보았지만 눈동자에 초점이 없었다. 위키를 급히 둘러업고 나왔다. 어디로 가야 하는 걸까? 이 동네에 동물병원이 있었던가? 스마트폰 화면을 두드리며 병원을 찾아 달렸다. 겨우 찾아낸 병원 문은 닫혀 있었다. 두리

번거리니 응급 벨이 보였고, 응급 벨을 누르자 의사가 문을 열어줬다.

몇 마디 질문을 하고 상태를 살펴보더니 검사를 해봐야 알겠지만 파보바이러스로 추정된다고 했다. 이때까지 개가 병원에 다녀야 한다는 생각 자체를 하지 못했기에 파보바이러스가 얼마나 무서운 병인지 알지도 못했다.

혈액을 뽑으려 하자 위키는 겁을 먹었는지 그 상황에서 으르렁거렸다. 입마개를 겨우 채우고 온몸을 꽉 잡고 힘들게 혈액검사를 진행했다. 검사 결과 파보바이러스 양성반응이 나왔다. 몸 상태에 대한 각종 수치도 안 좋았다.

"파보바이러스가 맞네요."

"파보바이러스가 대체 뭔가요?"

"이를테면 장염인데, 이게 굉장히 치사율이 높은 바이러스예요. 게다가 지금 얘는 체력도 많이 떨어져 있어, 상황이 좋지 않아 보입니다. 안타깝게도 별다른 치료 방법이 없습니다."

머릿속이 하얘지며 멍해졌다. 간신히 의사에게 물었다.

"아무 방법이 없나요? 제가 할 수 있는 게 아무것도 없나요?"

"상황이 안 좋으니까 준비하시는 게 좋을 것 같습니다."

고개를 돌려 위키를 바라봤다. 위키는 다 죽어가는 상태임에도 내 얼굴만 바라보고 있었다.

'너는 나만 쳐다보는구나.'

위키를 위해 무엇이든 하고 싶었다. 아니, 해야 했다. 가방 속에 있는 1,000원짜리와 만 원짜리 뭉칫돈을 꺼냈다.

"병원비가 얼마 나올지 모르겠습니다만, 일단 이 돈 전부 보증금으로 걸 테니 할 수 있는 거 다 해주세요."

그 뭉치로 내민 돈은 며칠을 힘들게 모은 택배 수수료였다.

경동시장의 특성상 택배 거래 시 현금을 많이 주고받았다. 그렇게 하루에 만지는 택배비가 30~40만 원가량 되었고 일주일에 한 번씩 택배 지점으로 입금하고 있었기에, 택배비를 며칠만 모아도 200~300만 원은 되었다. 의사에게 내민 뭉칫돈을 세어보니 187만 원이었다. 힘들게 모은 돈이었지만, 전혀 아깝지 않았다.

의사는 사실 할 수 있는 게 별로 없다고 했다. 입원하면 지속해서 상황을 볼 수 있으니 그때마다 처치를 해주는 게 유일하단다. 위키는 입원했다. 위키 엄마(원주인 여자)에게 전화를 걸었다.

"저 위키 새 주인인데요, 위키가 지금 아파서 병원에 입원했거든요. 근데 제가 일 때문에 계속 돌볼 수가 없어서요. 병원비도 벌어야 하고요. 의사 말이 위키가 죽을 확률이 크다는데, 그래도 아무것도 안 할 수는 없잖아요. 위키가 이렇게 된데는 그쪽 책임도 있는 거고, 그러니까 위키가 입원해 있는 동안 저 대신 오셔서 위키 좀 살펴봐 주세요."

다행히 위키 엄마는 학교 수업을 빼고 병원에 수시로 들러 위키를 살피고 의사에게 설명을 들었다.

나는 병원비를 벌기 위해 배송 구역을 추가했다.

내 마음속
언제나
푸른 소나무

입원 첫째 날은 사경을 헤매는 수준이었고, 다행히 둘째 날에는 의식이 약간 돌아왔다. 여전히 축 처져 있긴 했지만, 첫째 날의 힘없는 눈동자와는 달리 또렷한 눈동자를 굴렸다. 그러나 그뿐이었다. 가쁘게 숨을 몰아쉴 뿐 아무것도 하질 못했다.

의사가 처음 말한 것처럼 별다른 치료는 하지 않았다. 첫날 놓았던 주사 이후로 상태를 살피기만 했다. 의사는 상황이 악화되지 않는 것만으로도 다행이라고 말했다. 상황은 악화되지 않았지만, 병원비는 빠르게 악화되었다. 하루 만에도 몇십만 원의 병원비가 생길 수 있다는 것을 알게 되었다. 그리고 둘째 날 몇 가지를 더 알게 되었다. 이 역시 지금 생각하면 당연한 일이지만, 당시에는 정말 처음 알게 된 것들이었다.

강아지도 태어나면 인간처럼 예방주사를 맞아서 치명적인 바이러스와 병을 예방해야 한다. 또 강아지는 병원비가 비싸다. 그래서 평상시 병원비에 대한 대비를 해둬야 한다.

강아지의 면역력은 생후 초기에 어미 곁에서 초유를 먹으며 형성되기 때문에 인간의 욕심으로 너무 어렸을 때 입양을 하는 것은 정말 위험한 일이다. 또한 이는 강아지의 성격에 부정적인 영향을 미친다.

또 위키는 사람을 싫어하는 대형견이다. 그래서 위키는 사람을 물 수도 있다. 그 말은 병원에서 진료를 거부할 수도 있다는 뜻이다. 그 후로 몇 번 병원에 갈 일이 있으면 사정사정해서 진료를 받았지만, 앞으로 위키가 평생 다녀야 할 믿음직한 병원을 찾아봐야 했다.

미리 알았더라면 얼마나 좋았을까? 그러나 진짜 몰랐다. 개를 길러보는 게 처음이었고, 관심을 둔 적도 없었으며, 동물도 인간처럼 예방접종을 해야 하고 병원에 다녀야 한다는 것도 몰랐다. 강아지를 기르기 전 강아지의 건강관리와 질병 치료를 위한 지식을 쌓고 경제적 준비를 하는 것은 매우 중요한 일이다.

좀 더 일찍 알았더라면……. 후회는 늘 닥쳐야 찾아온다. 병원에 오기 전 대형견 카페에서 들은 말이 귓가에 맴돌았다.

"언제 갑자기 떠나도 이상할 게 없는 게 파보바이러스이니까, 아픈 동안 외롭지 않게 같이 있어주세요."

의사에게 허락을 맡고 둘째 날은 위키와 밤을 보냈다. 옆으로 다가가자 고개를 기대는 위키, 참 따뜻했다. 나는 위키 옆에 간이침대를 펴놓고 잤다.

셋째 날, 처음에는 꿈인 줄 알았다. 무언가 혓바닥으로 계속 발을 핥았다. 꿈속에서 위키가 내 발을 핥나? 점점 더 가렵다. 눈을 떠보니 주위가 온통 하얗다. 이불솜이었다. 위키가 이불을 다 뜯어서 온통 솜 천지로 만들어놨다. 그러고는 내 발을 핥고 있다. 언제 그랬느냐는 듯이 이리저리 움직인다. 의사에게 전화를 했다. 의사가 내려와서 보더니 기적이란다. 파보바이러스에 걸려서 살아나는 경우가 없는 건 아니지만 워낙 치사율이 높은 바이러스이고, 상태 또한 너무 안 좋았는데도 이렇게 갑자기 깨어나는 경우는 드물단다. 깨어나서 처음 한 일이 이불을 뜯어 먹은 것이라니 어찌나 위키답던지 웃음이 터졌다.

위키의 상태를 하루 더 지켜보기로 했다. 기쁜 마음으로 출근을 했다. 기특한 위키, 곧 예전처럼 건강하게 지낼 수 있을 거라는 희망이 생겼다.

다행히 위키는 퇴원을 했다. 파보바이러스를 이긴 강아지 위키. 위키의 별명 중 하나는 '맹우'인데, 퇴원하던 날 집에 돌아오며 노래를 힘차게 불렀다.

"소맹우야 소맹우야 언제나 푸른 네 빛."

극적으로 살아난 위키는 이날 '내 마음속 언제나 푸른 소나무'가 되었다.

나의 아들,
한위키

위키가 돌아오고 며칠 지나 우린 둘만의 파티를 열었다. 위키와 함께한 모든 순간이 소중하지만, 이날은 더욱 소중한 그런 날이었다. 위키가 돌아오고 며칠 후 새 트럭을 샀다. 기존의 트럭은 너무 낡았지만 돈이 없어 어쩔 수 없이 타고 다녔는데, 그동안 열심히 일한 결과로 새 트럭을 살 수 있었다. 이제는 새 차 할부금을 낼 만큼의 수수료를 벌기 시작했다.

새 트럭이 나온 날, 나는 새 트럭에 위키를 태우고 교외에 있는 강아지 용품 할인 매장에 갔다. 대형견 카페에서 추천받은 사료도 사고, 위키가 좋아하는 간식도 잔뜩 샀다. 또 며칠 전에 인터넷에서 주문했던 강아지 케이크도 챙겨 왔다.

우리는 새 트럭을 타고 멀리 소풍을 갔다. 목적지도 정하지 않고 그냥 달렸다. 위키는 새 트럭을 좋아했다. 단번에 껑충 올라타더니 보조석에 자리를 잡고 창밖을 보고, 바람 쐬는 것을 즐겼다. 운전 중 신호 대기 때마다 간식을 줬더니, 차가 멈추면 이내 다소곳이 앉아 내 눈을 바라봤다. 그렇게 달리다 보니 물이 나왔고 산이 나왔고 사람이 없는 곳에 다다랐다.

우리 트럭은 탑차라서 탑 안에 모기장 텐트만 펴면 완벽한 숙소가 되었다. 지점에서 가져온 책상을 펴고 버너를 켜서 고기를 굽고 위키와 나눠 먹었다. 사람이 없으니 목줄을 풀고 마음껏 뛰었다.

서울에서 보았던 뿌옇던 하늘도 이곳에선 푸르렀다. 위키와 차에 누워 밤하늘에 수도 없이 많은 별을 바라보며 둘만의 평화를 맘껏 누렸다. 위키에게 이야기했다.

"위키야! 이제부터 너는 한위키야. 너도 이제 한씨야, 한위키. 알았어?"

위키는 혀를 빼꼼 내밀고는 고개를 살짝 뒤틀었다. 위키가 무언가 알아들었을 때 하는 행동이다. 나는 위키에게 한씨 성을 부여했다. 우리가 같이 한씨로 묶여 있는 운명 공동체임을 소풍날 별빛을 보며 우리끼리 선포하고 맹세했다. 이날 이후

나는 "위키!"라고 부르는 대신 "한위키"라고 부르는 일이 더 많았다.

이날부터 나는 위키를 아들로 생각하고 길렀다. 위키도 나를 아빠라고 생각하기 시작했을 거라고 믿는다. 이전에는 내가 위키의 주인이지 아빠라는 생각은 하지 않았다.

우리는 개 아들과 인간 아빠인 부자 사이가 되었다.

진심으로 종중에서 허락만 해준다면 청주 한씨 문양공파 39대손으로 위키를 올리고 싶었다.

소풍이 끝나고 찾아온 월요일, 동대문 세무서에 가서 사업자명 변경 신청을 했다. 바꾼 사업자 이름은 '한위키'. 바뀐 사업자 등록증을 대형견 커뮤니티에 자랑했다. 미친 것 같아 보일 테지만 좋았다. 위키의 이름으로 사업을 한다고 생각하면 책임감이 더 생겼다. 위키와 나의 관계는 이날을 기점으로 완전히 달라졌다.

나는 위키와 대화도 하기 시작했다. 이게 무슨 엉뚱한 소리인가 하겠지만 강아지와 이야기를 하는 것은 가능한 일이다.

"한위키! 아들! 이거 먹을까? 저거 먹을까? 응? 크르릉 퀵퀵 켁 음 흐음."

이렇게 인간 말을 한 후 개처럼 숨소리 쉿소리 그르렁 소리를 섞어가며 물어보면 위키도 대답을 한다. 내가 인간과 대화한 것보다 위키와 이렇게 대화한 비율이 아마 더 많을 것이다.

위키와 대화도 하기 시작한 나는 '아들 한위키'를 위해 내가 할 수 있는 선에서 최선으로 위키를 기르고 싶어졌다.

위키와
나의 출근

위키를 더 잘 길러보기로 결심하니 바꿔야 할 것들이 눈에 들어왔다. 먼저 함께 있는 시간을 더 많이 가져야 했다. 그래서 위키와 함께 출근을 하기로 하고 회사 옥상에 위키 집도 만들었다. 매일 우리는 함께 출근했다. 배송할 택배 물품을 차에 옮겨 싣는, 일명 까대기 시간도 위키는 함께했다. 다행히 우리 제기동 팀은 다들 위키를 좋아했다.

위키는 처음에는 사람들이 낯설어 짖었지만 서서히 얼굴을 보는 시간이 늘어나자 익숙해져 낯가림도 한결 덜해졌다. 내가 배송을 하러 떠나면 위키는 회사 옥상으로 올라갔다. 염치 없게도 회사에서 내근하는 직원들에게 점심시간마다 옥상에 가서 놀아달라고 부탁했다. 처음에는 위키가 짖어대는 통에 어려움이 많았지만, 먹을 거 앞에서는 한없이 순해지는 위키였다. 올라갈 때마다 맛있는 간식을 주니 직원들과 금방 친해졌다. 나중에는 위키를 돌봐주는 '6인의 위키 단톡방 멤버'가 생겨서 매달 내가 한턱을 내며 지속적으로 관심을 갖고 위키를 돌봐주기를 부탁했다.

　다른 사람들과 자꾸 만나다 보니 위키의 사회성도 한결 좋아졌다. 이런 위키를 보며 깨닫게 된 것은, 유년기에 형성된 성격은 완벽히 바꿀 수는 없지만 어느 정도는 바꿀 수 있으며

그 변화의 정도는 견주의 능력에 달렸다는 점이었다.

　나는 업무를 완전히 끝마치기 전까지 지점에 하루에 두 번을 들어왔는데 그때마다 위키를 볼 수 있었으니, 우리 둘은 예전보다 더 자주 볼 수 있게 된 것이다. 잠깐의 시간이지만 그렇게 위키를 보고 나가면 마음이 한결 좋았다. 위키의 분리 불안 증상도 많이 개선되었다.

　위험한 고비를 잘 넘기고 건강해 보이는 위키였지만, 앞으로의 건강을 위해 개선할 점들을 있었다. 우선 위키의 먹는 문제를 바꿔야 했다. 위키의 영양 상태는 그동안 형편없었다. 위키는 전 주인들이 가난한 유학생이었던 관계로 11,000원인 대용량 최저급 사료를 먹고 있었다. 우리들의 첫 소풍날 대형견 커뮤니티에서 추천받은 사료를 샀지만, 위키는 도통 먹으려 하질 않았다. 그동안 불량 식품에 입맛을 들여 건강식을 거부하는 꼴이었다. 그래서 새로 산 사료는 유기견 센터에 기부하고 생식을 시작하기로 했다.

생식에 관해 공부하고 생닭과 생오리를 5:2의 비율로 주었다. 한 번에 많이 먹는 것은 좋지 않을 듯해서 아침에 1/3마리, 점심에 1/3마리, 저녁에 1/3마리로 나눠서 줬다. 위키는 살이 점점 붙고 건강해 보이는 체격으로 변해갔다.

또, 건강관리를 해줄 수 있는 병원을 알아봐야 했다. 파보바이러스를 겪으며 깨달은 바가 컸기에 위키를 받아줄 병원을 물색했다. 회사에서 3분 거리에 동물병원이 있었다. 위키는 마지막 떠나는 날까지 그 동물병원에서 진료를 받았다. 늘 감사한 마음에 지금도 우리 농장에서 나오는 꽃과 사과를 보내드린다. 대형견 카페를 통해 정기적으로 해야 하는 검진과 먹여야 하는 약에 대해서 알게 되었고, 강아지들이 많이 겪는 질

병의 증상에 대해 공부했다. 그리고 먼저 다양한 병을 겪어본 견주들을 알게 되면서 많은 도움을 받았다.

위키는 나와 같이 출근하긴 했지만, 그래도 아빠가 늘 보고 싶었나 보다. 지점 직원들이 보내주는 사진을 보면 위키가 옥상 난간에 기대어 1층을 바라보는 사진이 많았다.

"위키가 아빠 언제 오나 보려고 맨날 저렇게 바깥만 쳐다본다니까요." 직원들은 이렇게들 말했다.

내 차가 지점에 들어서면 위키는 어떻게 아는지 바깥을 쳐다보던 고개를 돌리고 옥상문 앞으로 뛰어와 대기했다.

택배 업무를 마치면 일주일에 한두 번은 위키와 외식도 했다. 위키를 받아주는 단골 식당들도 생겼고, 식당을 가지 않더라도 지점 내의 옥상이나 공터에서 위키와 함께 밥을 먹었다.

위키는 외식하는 날을 잘 알아차렸다. 그래서 자기가 알아서 단골 식당으로 들어가기도 했다.

그리고 위키는 동네의 유명 인사도 되었다. 동네 사람들은 위키를 보면 '저기 택배 회사 옥상에 사는 개'라며 반겨주었고, 동네에서 같이 산책하는 강아지 친구도 생겼다. 대형견 모임에 참석하는 사회성을 보여주기도 했다. 여전히 위키는 다

른 강아지들을 싫어하는 편이었지만, 처음의 낯가림 시간이 어느 정도 흐르면 무리 한구석에 끼었다.

그렇게 위키와 서울에서 4년을 보냈다. 위키와 보낸 서울에서의 4년이 나쁘지는 않았다. 여행도 많이 다녔고, 위키를 자주 보기 위해 여러 가지 노력을 했다. 아팠던 기억을 제외하면 행복한 기억이 더 많다.

이때는 우리가 정말 행복했기 때문에, 시골로 내려가게 될 거라고 생각하지 못했다. 우리의 서울 생활이 불행해서 시골로 온 건 아니다. 더 나은 행복이 있을 거라 믿고 우리는 시골로 내려갈 결심을 했다.

3부
위키의 투병과
나의 결심

늘 마음 한구석에 언젠가 다시 쓰러지면

어쩌나 하는 불안이 자리 잡고 있었다.

그래서 일하는 틈틈이 회사로 돌아와

위키 살피기를 반복했다.

하지만 그것으로도 위키를 보살피는 것은

충분하지 않게 느껴졌다.

다시
쓰러진
위키

위키와 가족이 되고 지낸 서울살이 4년이 무탈하기만 했던 것은 아니다. 2014년 6월 어느 날, 위키는 하루 종일 무기력했다. 며칠을 살펴도 계속해서 침을 흘리며 도통 움직이려 하지 않았다. 파보바이러스 이후 처음으로 병원에 갔다. 회사 근처에 있는 24시간 동물병원이었다.

키트 검사를 하자 심장사상충 양성이 나왔다. 심장사상충이 위험하다는 이야기를 듣고서 몇 달 전부터 동물약국에서 예방약을 구입해 매달 먹이던 참이었는데, 하필 걸렸다. 모기를 매개로 걸리는 병이고, 진행이 오래된 상태에서 발견하면 치사율이 높아진다는 이야기를 들은 터라 걱정을 했다. 다행히 1기였다. 최대한 흥분하지 않게 하고 안정적으로 생활하는 것이 중요해서 치료를 하는 세 달 동안은 가벼운 산책만 하며 돌봤다. 다행히 치료를 마치고 한 달 후의 검사에서 음성 판정을 받았다.

치료하는 데 200여만 원이 들었다. 평소에 예방을 철저히 하는 것이 건강에도 좋고 금전적인 타격도 덜하다는 점을 깊이 깨달았다. 그래서 이후로 위키는 매달 병원에 다니며 건강 상태를 체크했다. 병원에서 진료를 받고 약을 먹이는 것은 약국에서 직접 약을 사서 먹이는 것보다 많은 비용이 들지만, 병원에 갈 때마다 기본적인 건강 상태를 살펴주고 발톱, 항문낭, 귓속 정리를 해주니 그 비용을 아까워할 필요는 없었다. 강아지를 처음 기르거나 강아지의 건강에 대한 정보가 부족하다고 생각되면 동물병원에 꼭 정기적으로 다니는 것을 추천한다.

파보바이러스, 심장사상충 이후로 큰 병에 걸리지 않도록 노력을 기울였지만, 결국 위키에게는 또 한 번의 큰 시련이 닥쳤다. 2016년 6월 7일이었다. 이날은 초여름이지만 유독 더웠다. 옥상의 열기는 더할 것이기에 위키가 걱정되어서 배

송 출발 전에 옥상에 올라가 위키를 살펴보았다. 그늘막을 더 만들어주고, 조금이나마 더위를 식혀줄까 싶어 선풍기는 별 도움이 안 된다고 하지만 선풍기도 틀어주고, 물병을 얼려서 가져다줬다. 무더운 날씨만큼 위키도 지친 모습이었다. 활력이 떨어진 것 같아 생닭 다리 한 토막을 주었는데 먹지 않았다. 공을 던져서 움직임을 유도하자 일어서서 두 발자국 걷더니 이내 주저앉았다.

"위키야 네가 정말 많이 더운가 보구나."

걱정을 가득 안고 업무를 시작했다. 퇴근 후 옥상에 올라갔다. 평소 같으면 계단 발자국 소리를 듣고 위키가 먼저 점프해서 문을 박박 긁을 텐데, 문 긁는 소리가 들리지 않았다. 문을 열자 위키가 눈을 껌벅이며 누워 있었다. 움직이질 않는다. 오전에 놔두고 간 닭도 그대로 있고 한쪽에는 토해낸 거품도 있었다. 토사물은, 먹은 것이 없으니 거품으로만 가득했다. 목줄을 채워서 일으켰지만, 이마저도 힘겹게 일어섰다. 파보바이러스 때도 심장사상충 때도 이 정도는 아니었던 것 같은데, 일어서서 두어 발짝 움직이더니 다시 주저앉았다. 마음이 철렁 내려앉았다.

위키를 둘러업고 병원으로 뛰어갔다. 시간은 늦어 밤 10시가 넘었고, 병원은 응급실만 운영하고 있었다. 문진을 하고, 초음파검사를 하고, 산소방에 입원했다. 다음 날인 6월 8일, 병원에서 연락이 왔다. 검사상 특별한 것은 없고 뜨거운 날씨에 따른 일시적인 질환 같다며 데려가도 좋다고 했다. 보내준 사진에서도 위키는 웃고 있었다.

위키를 데리고 나왔다. 목줄을 채우고 걸어가는 길. 병원에서 나와서 10미터 정도는 따라 걸었다. 그런데 그 뒤로 위키는 주저앉아 걷지 않았다. 위키를 다시 둘러업고 병원으로 돌아갔다. 병원에 도착해 위키의 상태를 살피니 걷지 못하는 것뿐 아니라 아예 일어서지를 못했다. 네 발을 이리저리 허우적거리며 일어서려고 발버둥 치지만 소용없었다. 위키는 다시 입원했고, 위키가 왜 일어서지 못하는지 도무지 알 수가 없었다.

매일 일을 마치고 병원으로 갔다.

"선생님, 위키가 왜 못 일어나는 걸까요?"

"위키 아버님, 강아지들은 대부분 간식을 주면 활발한 반응을 보이는데, 위키는 일어서지를 못해요. 근육이나 뼈가 아파서 그런 거면 의심되는 부분을 만지면 아프다고 반응을 해야 하는데, 그런 반응조차 없어요. MRI를 찍어보고, 그럼에도 이상이 발견되지 않는다면, 위키의 병명은 레트리버 특유의 유전적 질환이나 중증근무력증 같은 희귀병 쪽으로 무게를 두어야 할 것 같습니다."

위키는 연계 병원에 가서 MRI를 찍었다. 검사 결과, MRI도 정상이었다. 주치의 선생님은 위키의 증세가 중증근무력증일 것으로 추정했다. 위키의 검체를 채취해 미국으로 중증근무력증 진단 검사를 보냈다(한국에서는 진단 자체가 안 되었다). 다행히 중증근무력증 처방 약이 병원에 있고, 그 약은 부작용이 거의 없어 투약을 시작했다. 그렇게 며칠이 흘렀다.

위키가 다시 일어선 것은 2016년 6월 16일, 위키가 쓰러진 지 열흘째 되던 날이었다. 그사이 위키는 걷는 것은 물론 일어선 적도 없었다. 위키가 걷지 못한다고 해서 일을 멈출 수 있는 형편은 아니었다. 직접 돌볼 수 없어 위키는 병원에 입원했다. 하루에 두어 번 울리는 카카오톡으로 일하는 도중에 위키의 상태를 확인할 뿐이었다. 입원 하루 이틀째의 사진 속 위키는 거의 산소방에 있었다. 작고 귀여운 콧구멍 속에 산소 호스를 끼우고 카메라를 바라보는 동그란 눈. 기운이 없어 보였다. 닷새째, 위키는 산소방에서 나와 치료실 한구석과 병원에서 제일 큰 강아지방에서 지내기 시작했다.

위키가 입원한 이 병원은 우리가 살던 동대문구에서는 가장 큰 병원이었다. 그래서 진료비도 다른 병원에 비해 많이 비쌌다. 그럼에도 이 병원을 줄곧 다닌 이유는 두 가지였다.

첫째는 회사에서 걸어서 3분이면 도착하는 거리로, 가장 가까웠다.

둘째는 어느 병원도 위키를 받아주지 않았다. 그동안 여기저기 많은 병원에 가봤지만, 이 병원에서만 위키를 받아줬다. 짖고 으르렁거리는 대형견이라는 이유로 위키를 받아주는 병원이 없었다. 한국의 반려견 현실이 소형견 위주이기 때문에 반려동물 문화와 시장이 다양하게 발달하지 못했다. 대형견 자체를 받아주지 않는 곳도 많다. 대형견이 병원에 입원하는 건 너무 힘든 일이다. 그래서 이 병원에 아직도 감사드린다. 사실 이 병원도 대형견 입원실은 없었는데, 위키가 아플 때마다 항상 자리를 만들어주셨다.

하루하루 지날수록 마음이 급했다. 대체 무슨 까닭으로 위키는 걷는 걸 못할까? 주치의가 진단한 중증근무력증이 맞는 걸까? 중증근무력증은 불치병이다. 원인을 모른 채 근육조직들이 무력해지는 병으로, 고칠 수 있는 약이 없다. 하지만 증상을 완화할 수 있는 약은 있으며 다시 걸을 수 있다고 주치의 선생님은 말씀하셨다. 다만 다시 쓰러지게 되면 그때는 평생약에 의지해야만 움직일 수 있는 그런 병이었다.

위키는 정말 그런 무서운 병에 걸린 걸까? 이 병이 맞는다면 다시 걸을 수는 있는 걸까? 다시 걸었다가 또 쓰러지면 어떡하지? 그런데 이 병이 아니라면 뭘 해야 하는 걸까?

택배를 배송하고 집하하는 내내 위키 생각뿐이었다. 좋은 소식이 '카톡' 하는 소리와 함께 오기를 바라며 그렇게 지낸 지 열흘째에 병원에서 전화가 왔다.

"아버님! 위키가 지금 잠깐이지만 걸었어요."

"네? 걸었다고요?"

"네! 위키가 잠깐이지만 걸었어요. 그리고 위키가 계속해서 걸으려고 노력하고 있어요. 오늘 일 끝나고 위키 보러 오실 거죠? 그때까지 위키가 더 잘 걷게 되면 좋겠네요."

전화를 끊고 본 카카오톡의 영상 속 위키는 네 다리를 힘겹게 움직이더니 결국 일어섰다. 그러고는 네댓 발자국을 걸었다. 그리고 힘겨운지 다시 주저앉아 분홍빛 혀를 축 내밀곤 '헥헥'거렸다. 너무나 대견하고 너무나 귀여웠다.

"위키가 계속 걸으려고 노력하고 있어요."

이 말이 계속 귀를 스쳤다. 나는 위키가 다시 걸을 수 있으리라 확신했다. 위키는 파보바이러스도 심장사상충도 이겨낸 의지의 강아지이니까.

오후 8시 30분, 일을 마치고 위키를 보러 서둘러 병원에 왔다. 간호사가 문을 열자 위키가 느릿느릿한 걸음으로 나에게 걸어와 안겨 핥았다. 나는 하염없이 울었다. 아까 받은 영상처럼 다시 곧 주저앉기는 했다. 위키가 정말 자랑스러웠다. 그때의 감정을 다시 떠올려보아도 여전히 자랑스럽다는 말로만 표현 가능하다. 위키는 다시 한번 질경이처럼 강인한 삶의 의지를 보여줬다. 지금 내가 꾸역꾸역 열심히 버티고 사는 건 분명 위키 덕분이다.

면회가 끝나고 나서 나는 위키를 품에 안고 병실로 옮겨줬다. 면회가 끝나고 헤어질 때마다 위키는 칭얼거리지도 않았다. 병원에서 나오며 생각했다.

내가 위키를 기르지만
위키도 나를 기른다.
개와 인간의 아픔과 감정은 다르지 않다.

다시 찾은
일상이지만……

입원 전에는 회사 옥상에 풀어놓아 이리저리 돌아다니고 회사 사람들이 올라와서 간식도 챙겨주고 잠깐씩 놀아주기도 했지만, 이제 막 일어선 위키가 옥상 생활을 하기는 무리였다. 위키는 어쩔 수 없이 집에서 밤늦게까지 내가 돌아오기를 혼자서 기다려야 했다. 또 혼자 놔두는 것이 안쓰럽지만 생계를 이어가려면 일을 해야 했다. 일을 하면서 아픈 강아지를 돌보는 일은 쉽지 않았다.

그때의 나의 하루 일과는 택배 일말고도 위키의 간병에 맞춰져 있었다. 아침 6시 일어나서 위키에게 밥과 약을 준다. 약은 물약·가루약·알약 세 가지였는데, 여느 강아지와 마찬가지로 위키도 약 먹기를 좋아하지 않았다. 더군다나 당시 위키는 생식(닭)을 하고 있어서 건사료가 없었기 때문에 위키가 특히 좋아하는 습식 사료(캔 사료)에 약을 섞어 줬다. 한 캔은 물약을 섞어 주고, 한 캔은 가루약을 섞어 주고, 한 캔은 알약을 섞어 주는 식이었다. 건사료라면 한 컵 떠서 밥그릇에 부어주면 그만이지만, 습식 사료에 약을 섞어주는 일은 꽤 시간이 걸려 밥을 한 번 먹이는 데 30여 분을 썼다.

아침 6시 30분, 배변을 위해 산책을 한다. 산책을 하며 똥을 싸면 고마운 일이지만, 더러는 출근 시간이 다가와도 안 싸는 경우가 있었다. 이런 날은 다시 집에 돌아왔을 때 위키가 싸놓은 똥을 보면 마음이 아팠다. 이 좁은 공간에서 불편하게 배변했을 위키를 생각하면 마음이 좋지 않았다.

아침 7시, 위키와 산책 후 출근.

아침 7시 30분, 택배 배송 업무 시작.

오후 1시, 오전 택배 배송 완료 후, 집으로 잠시 돌아와 위키가 잘 있는지 확인하고 꺼진 에어컨을 다시 돌려준다.

그때는 초여름이어서 날이 점점 뜨거워지던 시기였다. 더운 날씨가 위키의 기력을 무너뜨리게 놔둘 수도 없었고, 약

때문에 오줌을 자주 쌌기 때문에 청결을 위해서라도 오후에 꼭 한 번씩은 집에 다시 돌아와 위키를 살폈다.

오후 2시, 택배 집하 시작.

오후 8시, 귀가하여 위키가 어질러놓은 집 안을 정리하고 밥과 약을 준다. 저녁에는 먹는 약이 한 가지 더 있었는데, 유독 이 약을 먹지 않으려 해서 시간이 더 걸렸다.

오후 9시, 밤 산책을 마친 후 나의 밥 먹기, 그리고 잠들기.

이것이 우리의 바뀐 일상이었다. 택배를 하면서 세 끼를 먹은 기억은 다섯 손가락으로 꼽기 힘들고, 두 끼를 먹은 기억도 별로 없다. 거의 한 끼를 먹고 살았고, 그 한 끼조차 부실한 식단에 술과 함께였다. 위키를 재우고 술과 함께 밥을 먹고 대충 씻고 잠 드는 날들은 위키가 약을 끊는 날까지 계속되었다.

강아지를 간병하는 일은 인간을 간병하는 일과 크게 다르지 않다. 인간과 마찬가지로 강아지도 아프면 기력을 잃고 스스로 할 수 있는 게 별로 없다. 그래서 옆에서 도와주고 의지할 간병인이 꼭 필요하다. 사람과 달리 강아지는 말을 하지 않아서 더 어렵다.

간병하는 시간이 길어지는 데 비해 건강이 나아지지 않으면 결국 지치게 될 수도 있다. 위키는 나날이 나아지는 모습을 보여줬고 약도 끊었다. 정말 위키에게 고맙다. 다시 건강을 되찾은 위키는 예전처럼 같이 출근해서 회사 옥상으로 가고, 같이 퇴근해서 집으로 돌아오는 정상의 삶을 되찾았다.

그사이 미국으로 보냈던 중증근무력증 검사 결과가 나왔다. 아니길 바랐던 중증근무력증으로 추정된다는 미국 검사기관의 소견이었다. 다시 걸을 수 있을 정도로 회복되었지만 다시 쓰러질 수도 있다는 이야기였다.

어쨌든 그렇게 다시 위키는 옥상 강아지로, 나는 택배 아저씨로 돌아갔다. 다시 출근하게 된 위키는 예전처럼 여러 사람의 보살핌과 관심 속에 잘 지냈다. 하지만 늘 마음 한구석에 언젠가 다시 쓰러지면 어쩌나 하는 불안이 자리 잡고 있었다. 그래서 일하는 틈틈이 회사로 돌아와 위키 살피기를 반복했다. 하지만 그것으로도 위키를 보살피는 것은 충분하지 않게 느껴졌다. 파보바이러스와 중증근무력증이라는 두 번의 큰 고비를 넘긴 것은 다행이었지만, 그 다행이라는 마음만큼이나 이대로는 안 되겠다는 불안한 마음도 같이 커졌다.

이때만 해도 우리가 시골로 내려갈 생각은 전혀 하지 못했지만, 막연하게나마 위키와 행복하게 지내려면 무언가 바꿔야 한다는 생각이 계속 차오르고 있었다.

차라리 시골로
내려가지 그래?

위키를 위한 시간을 더 내기로 결심했지만 쉽지 않았다. 택배는 너무 바빴고, 위키를 위해선 넓은 집으로 이사 가는 게 좋겠다고 생각했지만, 그럴 수도 없었다. 넓은 집으로 이사할 만큼 돈을 모으지도 못했고, 돈을 모으는 속도보다 월세와 전세 시세가 더 가파르게 올랐기 때문이었다.

나는 우리를 위해 결심해야 했다. 위키를 집에서 간병하던 때 가장 힘들었던 건 약을 섞거나 똥오줌을 치우는 번거로움이 아니었다. 위키가 정상으로 돌아올 거라는 강한 믿음이 있었기 때문에 위키의 병간호도 힘들지 않았다. 가장 힘들었던 건 위키가 회복된 이후의 고민들이었다.

위키를 위해 나는 어떻게 해야 할까? 위키를 위해 해줄 수 있는 것을 매일 고민했지만 어떻게 해야 할지 도무지 감을 잡을 수 없었다. 언제 또 위키가 아프지는 않을까 두려웠다. 귀농에 대한 생각은 전혀 하지도 못하던 시기, 시골로 내려가기로 결심한 그날이 생생히 기억난다.

우리 택배 지점에는 위키 알림톡 멤버들이 있었다. 회사에 항상 근무하는 내근직 직원 둘, 영업소장 둘(택배 아저씨), 조업사 직원 하나, 그리고 나. 이렇게 여섯 명이 매일매일 위키가

옥상에서 무얼 하고 있는지 서로 알림을 주고받았다.

그날은 위키 알림톡 멤버들에게 보답의 의미로 내가 한잔 사는 날이었다. 앞으로 위키를 어떻게 보살펴야 할지와 택배 업무의 고충에 대해 이야기를 나누며 술을 마셨다. 한창 이야기하던 도중에 멤버 한 명이 물었다.

"차라리 시골로 내려가지 그래?"

모든 일은 이 한마디 이후 선명해졌다. 술자리가 끝나고 집에 와서 곰곰이 생각했다.

'시골? 그래, 가자! 어차피 이 도시에 우리 둘을 위한 곳은 없다. 이렇게 넓은 서울에 개 한 마리를 제대로 돌볼 공간이 없는 처지와 개 한 마리와 놀아줄 여유가 없는 삶. 그래, 해보자!'

반려동물과 함께하는 사람이라면 이해할 것이다. 위키는 나에게 단 하나뿐인 가족이었다. 나가지 말라고 떼를 쓰는 것도 위키였고, 같이 밥을 먹는 것도 위키였고, 집에 돌아왔을 때 반겨주는 것도 위키뿐이었다. 내가 웃을 때도 울고 있을 때도 항상 위키는 함께였다. 그러니 위키는 나의 하나뿐인 가족이었고, 내가 가장 아끼고 챙겨야 할 존재였다. 우리의 행복을 위해서는 모든 것이 바뀌어야 했다. 우리는 전혀 새로운

삶을 선택하기로 했다.

그날 아침 출근하기 전 종이를 꺼내 적었다.

앞으로 우리는,

첫째, 산과 물, 그리고 들이 있는 곳으로 간다.

둘째, 매일매일 일하지 않는다. 먹고살 만큼만 일한다.

셋째, 하루에 여섯 시간 이상 함께한다.

넷째, 그래서 우리는 무조건 도시를 떠난다.

위키와 나의 인생 2막을 열겠다는 큰 결심을 한 날이었다.
이렇게 생각하니 이후로는 거칠 것이 없었다.

안녕,
나의
고마운 택배

　시골로 내려가려면 먼저 서울 생활을 정리해야 했고, 이리저리 알아봐야 할 것들이 많았기 때문에, 위키를 잠시 위탁처에 맡기기로 했다. 그래서 위키는 대형견 카페를 통해 알아본 안성에 있는 돌봄 시설에 잠시 맡겼다. 떨어져 지내는 것이 못내 안쓰럽고 불안했지만, 더 나은 미래를 위해 어쩔 수 없는 선택이었다. 다행히 위키는 새로운 환경에 잘 적응했고, 돌봐주시는 분들도 좋은 분들이셨다.

　일주일에 한 번씩 만나러 갈 때마다 위키는 새로운 개인기를 하나씩 익히고 있었고, 여전히 다른 강아지들과는 잘 어울리지 못했지만, 여자 레트리버 친구와 친해져 사귀기도 했다.

위키를 맡기고 시간 여유가 조금 더 생긴 나는 내 업인 택배 업무를 인수인계할 사람을 찾아야 했다. 그런데 내가 맡고 있는 지역이 육체적으로 고된 기피 지역이다 보니 후임자를 구하는 것이 쉽지 않았다. 우여곡절 끝에 두 사람을 구했는데, 두 사람 중 한 명은 위키 알림톡 멤버이기도 했다.

"저는 10월 15일에 내려갑니다. 그러니 10월 14일까지는 두 분께 일을 가르쳐드리면서 제가 같이 거들어드릴 거예요. 그리고 수익은 3등분으로 나눌게요. 일을 배우는 데는 두 달 정도 걸릴 테니, 8월까지는 셋이 같이 움직이고 9~10월에는 두 분이 주도적으로 하세요. 그러면 저는 9~10월에는 시골로 내려갈 준비에만 신경 쓸게요."

내가 맡았던 지역은 특수 지역이기 때문에 후임자였던 두 사람에게 사소한 것까지 모든 것을 가르쳐야 했다. 그러니 하루 이틀 배워서 될 일은 아니었다. 모든 물품이 농산물인 생물이기 때문에 취급에 더 세심함을 기울여야 했고, 무거운 물건을 취급해야 하는 데 따른 유의 사항도 많았다. 그리고 거래처를 관리하는 법도 가르쳐야 했다. 다른 택배 기사들은 하

루에 수십 개에서 수백 개의 물건이 나오는 대형 거래처들을 대상으로 하는데, 우리 지역은 재래시장인 경동시장이라 하루에 한두 개씩 택배를 보내는 상점 100여 개를 돌며 배송 및 집하를 했다. 그만큼 거래처 수가 많았다. 경동시장 내 많은 가게의 사장님들, 직원들과 얼굴을 트고, 후임자들이 믿을 만한 사람이라는 것을 확신시키는 데도 꽤 오랜 시간이 걸렸다.

일을 마무리하며 내가 하던 택배업에 대해 많은 감정이 밀려왔다. 보통 사람들은 택배를 어떻게 생각할까? 대개는 그저 작은 박스를 집 앞까지 가져다주기도 하고 회수해가기도 하는 배달원 정도로 생각한다. 하지만 택배는 그렇게 간단한 직업은 아니다.

택배는 고용되어 월급을 받는 월급직이 아닌 특수고용노동직이어서, 택배 기사는 법적으로 사업자 등록을 해야 하는 개인 사업자다. 그래서 수수료를 받는다. 일을 완수했을 경우 수수료(보수)를 받는 도급계약을 맺은 사업자이기 때문에 아파도 쉬지 못한다. 당연히 휴가도 없다. 아파서 쉬고 싶으면 본인이 대체 인력을 구할 수밖에 없다. 그런데 이 대체 인력의 인건비가 배송 수수료의 두 배가 넘는다. 그러니 아파서 쉬게 되면 무조건 엄청난 손해가 생긴다.

본사도 지점도 택배 기사가 아프다고 하면 쉬라는 말을 함부로 하지 않는다. 아프다고 쉬었다가는 배송이 멈춰 고객들의 엄청난 항의와 패널티 폭탄, 밀린 배송 처리를 위한 일명 야배(심야 배송)가 기다릴 뿐이다. 이는 부모님이 돌아가셔도 마찬가지다. 본사와 지점은 아무런 도움을 줄 수 없다. 동료 택배 기사들이 자체적으로 택배를 나누어 배송하거나 비용을 써서 대체 인력을 며칠 두는 수밖에 없다. 그러니 택배 기사들은 아파도 슬퍼도 쉴 수가 없다. 나 역시 아파도 슬퍼도 쉬지 않고 일했다.

또, 택배는 그 무게가 힘든 정도를 더하기도 한다. 택배 물건 중에는 쇼핑몰에서 보내는 옷이나 액세서리 같은 작고 가벼운 물건도 있지만, 이런 것들만 취급하지 않는다. 각종 기계류 등 부피가 큰 물건, 농산물 등 중량이 무거운 물건이 차지하는 비율이 상당하다. 크고 무거우면 택배비가 더 비싸서 택배 기사들이 가져가는 수수료가 높아져야 하는 게 정상인데, 업체들의 가격 경쟁으로 인해 오히려 택배 가격이 하락한다. 판매자들과 택배 본사는 소비자들에게 더욱 싸게, 또는 무료로 배송을 한다는 착한 가면을 쓰고 있다.

그렇게 만들어진 가격 인하로 최종적인 피해는 모두 택배 기사들이 떠안는다. 지금은 많이 개선되었지만 일례로, 내가 그만둘 때쯤 생수 2리터 12개 묶음이 2,500원이었는데 얼마 후 이 업계 끝판왕으로 불리는 쿠팡이 이 생수를 1,700원에 팔았다. 소비자들은 몰랐겠지만, 그 뒤에는 숨겨진 택배 기사들의 피땀이 있었다.

많은 사람들이 쿠팡이 자체적인 쿠팡맨, 쿠팡친구로만 배송을 하는 것으로 알고 있지만, 그렇지만은 않다. 쿠팡은 기존의 택배 회사를 통해서도 위탁 배송을 한다. 더군다나 자신들이 물건을 매입해서 배송 처리 한다는 이유로 영업용 등록

번호도 달지 않고, 배송원들은 화물 운송 종사 자격증도 없다. 그래서 나는 쿠팡을 이용하지 않는다.

택배 업무는 세금 문제 및 수익 창출에 대한 문제도 간단하지 않은데, 여러 체계의 도급계약을 맺었기 때문에 기본적인 세무 지식도 있어야 한다. 배송과 집하에 치여 시간이 없어도 월말에는 밤을 새워서라도 세금계산서를 발행하고 맞춰봐야 한다.

또한 본사에서 수익을 보장해주는 것이 아니기 때문에, 끊임없이 자신의 거래처를 늘려야 한다. 그리고 내가 집하해서 보낸 모든 물건의 최종 관리자는 나이기 때문에, 각종 사고 처리 역시 택배 기사 본인이 해야 한다. 그런데 본사는 사실 사고 처리를 잘 해주려 하지 않는다. 그렇기 때문에 결과적으로 내 잘못이 아님에도 불구하고 내 돈으로 사고 처리를 하는 경우도 부지기수였다.

그러나 무엇보다도 가장 힘든 일은 사람을 상대하는 일이었다. 택배를 하면서 온갖 인간 군상을 만났다. 지금은 소비자들의 인식이 많이 개선되어 좋은 분도 많지만, 여전히 갑질이라 불리는 횡포를 일삼는 고객이 상당하다. 2007년 전농동에서 택배 업무를 하던 시절, 청량리에 있는 백화점에 배송을 갔다. 백화점은 고객의 편안한 쇼핑과 업장 품위 유지를 위해 내부로 택배 기사를 출입시키지 않는다. 그래서 택배 기사는 검품장이라는 백화점 창고로 배송을 간다. 거기서 받을 사람에게 인터폰을 하면 나와서 받아가는 방식이다.

그날도 6층의 사무실 직원에게 물건이 왔다. 검품장으로 가서 인터폰을 했는데, 30분이 지나도록 나오지 않았다. 밀린 배송 때문에 마냥 기다릴 수만은 없어 나와버렸다. 3시간 후, 물건을 왜 안 가져다주느냐고 전화가 왔다. 어쩔 수 없이 핸들을 돌려 백화점에 가서 그 직원을 만났다. 그 직원은 대뜸 나에게 무릎 꿇고 사과를 하라고 강요했다. 그러나 나는 사과를 하고 싶지 않았고, 그곳에서 나와버렸다. 물건은 반품했다.

나는 내 마지막 자존심은 지켰지만, 택배 본사에서 패널티를 받았다. 착불비를 안 주는 사람, 몇 시 몇 분까지 가져오라는 사람, 눈으로 까딱이며 하인처럼 부리는 사람 등 가끔 이런 횡포에 가까운 사람들의 불쾌한 행동이 나를 더욱 힘들게 했다.

이 글을 읽는 모든 분께 부탁드린다. 택배 기사는 개인 사업체를 운영하는 엄연한 자영업자다. 택배 기사들도 누군가의 가족이다. 존중해주시기를 바란다.

10월 14일, 마지막 업무를 마치고 이별의 순간이 왔다. 시장 상인들에게 그동안 감사했다는 의미로 수건 200여 장을 나누어드렸다.

"제가 이제 그만두게 되어서 그동안의 감사의 의미로 수건을 준비했어요."

"자네는 역시 다르네. 남들은 개업했을 때만 돌리는데, 떠난다고 돌리는 사람 처음 봤네. 택배 하는 사람들 다들 힘들다고 몇 달을 못 버티고 계속 바뀌었는데, 자네는 여기서 수년을 우리랑 같이 있었으니 피만 안 섞였지 정말 가족 같았는데 아쉬우이. 앞으로도 잘 살게나."

나를 특별했던 택배 기사로 기억해주는 만큼, 나 역시 경동시장은 특별한 곳이었다. 여기 사람들은 고상하지도 않고 투박하고 거칠었지만 갑질 같은 것은 없었다. 모두가 화끈한 성격에 맺고 끊음이 확실했다. 미안하면 미안하다고 사과하는 사람들이었고, 고마우면 고맙다고 말해주는 사람들이었다. 이분들이 한두 개씩 쥐어주는 물건들을 배송하며 나는 4년간 성장했다. 돈도 인간의 정도 차곡차곡 쌓을 수 있는 것이라는 걸 알게 해준 곳이었다.

2013년 1월, 이 시장에 처음 발을 들였을 때, 나는 수수료

180만 원의 초라한 영업소였다. 하지만 2017년 10월 14일, 이 시장을 떠날 때 내 수수료는 1,100만 원이었다. 30대의 내 인생을 먹여 살려주고 위키를 기를 수 있도록 터전을 마련해 준 고마운 곳이었다.

택배도 그렇다. 어렵고 힘든 일이지만, 불민하고 게으른 나를 다시 일어서게 해준 고마운 직업이었다.

4부

위키와의
귀농 일기

위키를 위해 시작한 귀농 준비.

아무것도 모르고 시작했지만 내가 준비했던 것들이

끝났다고 생각하니 기분이 정말 좋았다.

몇 달간 떨어져서 잘 참아준 나도 위키도 대견스러웠다.

이제 정말로 위키와 나의 보금자리가 생겼다.

귀농귀촌을 위한
굳은 결심과 실천

택배 일을 정리했으니 그만큼 많은 시간과 여유가 생겼다. 그 시간을 활용해 우리의 새로운 삶을 위한 준비를 시작했다. 이 장에서는 사람들이 궁금해하는 '우리가 귀농을 위해 어떻게 준비했는지'에 대한 이야기를 해보려 한다.

귀농을 할 때 가장 먼저 무엇을 준비해야 할까? 그것은 마음가짐이다. 마음을 먹고 실천하는 일이 가장 중요하다. 귀농귀촌은 도시의 삶을 버리고 전혀 새로운 삶을 선택하는 것이다. 도시에 있는 모든 것을 정리해야 한다. 도시를 떠나면서 잃게 될 경제적·문화적 여유를 아쉬워하지 말아야 한다. 새로운 환경에 대한 두려움을 극복하고자 하는 의지를 굳게 세워야 한다.

나와 위키의 이야기를 듣고 귀농귀촌을 하고 싶다며 찾아
온 분들이 여럿 계셨다. 그런데 실제 시골로 이주하신 분은
한 분뿐이었는데, 이분도 곧 도시로 돌아가셨다.

귀농을 준비하고 계신 분들께 "예전에 귀농 준비하시던 건
어찌 되셨어요? 어려운 점이 있으면 제가 도와드릴 게 있을까
해서요"라고 물어보면 한결같이 돌아오는 대답은 이랬다. "요
즘에 너무 바빠서, 귀농은 몇 년 후에나 해야 할 것 같아요."

왜 그럴까? 도시 생활을 정리하겠다는 마음가짐이 확고하

지 않으니 차일피일 미루는 것이다. 정말 원하면 바로 결심하고 실행해야 한다. 직업을 정리하고 시간을 내서 알아봐야 한다. 도시에서 일을 하면서 귀농을 준비하는 것은 현실적으로 매우 어렵다. 살 집과 땅을 알아보는 것은 인터넷으로 할 수 있는 일이 아니므로 직접 움직여야 한다.

게다가 지방의 공공 기관에 들러 확인해야 할 일이 수도 없이 많다. 따라서 주말에만 알아볼 수 없다. 공공 기관이 업무 중인 평일에 시간을 낼 수 있어야 한다. 때로는 당일치기가 아닌 이틀 사흘을 머무르며 살펴봐야 하는 경우도 생긴다. 즉, 준비하는 기간에도 기존의 일상을 포기하고 귀농귀촌을 위해 시간을 내서 노력을 쏟아야 한다는 이야기다.

만약 내가 당시에 벌고 있는 택배 수수료 1,100만 원이 아까워서 '아 세 달만 더 일하고 돈을 1,000만~2,000만 원이라도 만들어서 내려갈까?'라고 생각했다면, 나는 아마 아직까지 귀농하지 못했을 것이다.

나는 게으르고 추진력이 없다. 그래서 무슨 일이든 미루고 미루다 닥쳐야 하는 나쁜 습관을 38년간 갖고 살던 사람이었다. 하지만 나는 그때 '무슨 일이 있어도 10월 15일에 귀농귀촌한다!'라고 다짐했다. 이 결심이 내가 살아오면서 미루지 않고 계획대로 해낸 첫 번째 일이었다. 결심을 굳게 다지고 나니 실천하는 데 주저함이 사라졌다.

준비의 첫 번째로 서울 양재동에 있는 귀농귀촌종합센터를 찾아갔다. 귀농과 관련해 나라에서 운영하는 종합 기관인 만큼 많은 정보를 얻을 수 있을 거라고 생각했다. 여느 관공서나 은행처럼 대기표를 뽑고 기다리다 순서가 되면 상담사가 안내를 해주는 식이었다.

이곳을 방문해 알게 된 것은 다음과 같다. 첫째, 귀촌은 국가적인 지원이 거의 없다. 둘째, 귀농의 경우 정책 자금을 대출해주는 혜택이 있다. 또한 농업 귀농 교육 100시간을 채우는 것이 나중에 도움이 된다는 정보도 얻었다.

또 중요한 것이 농업경영체 등록이다. 국가에서 농가 소득 문제와 구조 개선을 제도적으로 뒷받침하기 위해 도입한 제도로, 각종 지원과 혜택이 있으므로 필수로 하는 것이 좋다. 농업경영체 등록에는 몇 가지 취득 자격 요건이 있지만, 일반적으로 1,000제곱미터 이상의 농지에 작물을 재배하는 것으로 취득할 수 있다(국립농산물품질관리원 및 지자체 홈페이지 참고).

농업경영체 등록을 마친 후 정부와 각 지자체의 귀농인 관련 지원 사업을 신청할 수 있다. 각 기관은 신청인들을 대상으로 심사를 진행하는데, 그 심사 항목에 농업교육 이수에 대한 항목이 있다. 보통 100시간을 항목의 만점으로 평가한다. 그런데 이 교육 시간은 농업경영체 등록 이전에 받은 교육 시간을 인정해주므로 본격적인 작물 재배 전, 시간적 여유가 있는 귀농 준비 기간에 100시간 교육을 완료하는 것이 좋다.

교육은 온라인과 오프라인 교육 모두를 인정해준다. 그러나 온라인은 교육 시간의 50퍼센트를 인정해주며 최종적으로 40시간까지 인정해준다. 즉, 지원 사업 평가에 있어 온라인 교육은 80시간을 수강하여 50퍼센트인 40시간을 교육 시간으로 인정받는 것이 최대치다.

우리는
예천으로
가기로 했다

성인이 된 이후에는 줄곧 서울에서 살았지만, 고등학교를 졸업할 때까지 경기도 양주군(지금은 양주시)에서 자랐다. 내가 군대에서 제대하고 집에 돌아왔을 때쯤에야 편의점이 생길 정도로 변화가 더딘 동네였다. 그 편의점에 가려고 해도 집에서 20분을 걸어 나와 버스를 타고 다섯 정거장을 가야 했다. 시골 출신이었기 때문에 시골 생활의 두려움은 없었다. 그래서 전국의 어떤 시골을 가더라도 상관이 없다는 마음으로 살 곳을 알아보기 시작했다.

그 당시에는 귀농귀촌종합센터의 누리집에서 빈집 정보를 검색할 수 있었다(현재는 귀농귀촌종합센터에서 빈집은 각 시군구

의 농촌빈집정비 담당자에게 문의하라고 안내하고 있다). 그렇게 빈집에 대해 누리집으로 확인한 다음, 괜찮아 보이는 집이 있으면 매주 1~2회 직접 방문했다.

그렇게 해서 돌아다닌 곳이 강원도의 홍천·인제·삼척·태백·강릉, 충청북도의 괴산·단양, 충청남도의 공주·부여·논산·서산·청양·보령, 경상북도의 문경·영주·안동·봉화·예천, 경상남도의 밀양·통영·고성, 전라남도의 장흥·여수, 전라북도의 무주·순창·임실·남원이었다.

처음에는 위키를 위해서 물이 있고 들이 있고 산만 있으면 된다고 생각했지만, 알아볼수록 기준을 세워야 했다. 현실에서 고려해야 할 조건들이 그제야 보이기 시작했다.

첫 번째로, 서울에서 멀지 않은 곳이어야 했다. 위키는 중증근무력증이므로 정기적으로 병원에서 검진을 해야 했으며, 또 갑자기 쓰러질 수 있는 상황이었기에 2시간 30분 안에 도착할 수 있는 거리여야 했다. 이에 경상남도와 전라남도는 제외시켰다.

두 번째로, 경제적 상황에 적당한 정착지를 선택해야 했다. 돌아다녀 보니 정착지를 선택할 때 고려해야 할 문제점이 생겼는데, 살 만한 빈집들이 있는 정착지일 경우 해당 지역의 땅값이 비쌌고, 그 반대로 살 만한 집들은 별로 없지만 땅값이 싼 경우가 있었다. 어차피 빈집을 빌려서 살 것인데 땅값이 왜 중요하냐 하겠지만 그렇지 않다. 생각해보면 장기적으로 정착을 하게 될 경우 훗날 땅을 사서 새로 집을 짓거나 농사를 지어야 하는 상황이 올 것이기 때문에 해당 지역의 땅값은 매우 중요했다. 이에 상대적으로 땅값이 비싼 충남, 충북, 강원도는 제외했다.

빈집을 알아보다 보니 누리집에서 검색한 빈집의 대부분이 원주민이 아닌 도시민이 상속이나 증여에 의해 소유하고 있는 경우가 대부분이라는 점을 알게 되었다. 그렇기 때문에 주인을 만나기도 계약을 성사하기도 어려웠다.

결국 10월 15일이 다 되도록 빈집을 구하지 못했다. 하지만 정착지는 경북 예천군으로 결정했다. 예천은 서울에서 2시간 15분 거리였고, 백두대간인 소백산맥 구간으로 위키와 뛰어다닐 산과 들, 물이 있었다. 땅은 면 단위에서 10만 원 안팎으로 거래되고 있었다.

비록 지금은 가난하지만 나중에 작은 집이라도 짓겠다는

소망에 그나마 부합하는 곳이었다. 또한 어느 동네보다도 번 잡하지 않으면서도 자연경관이 뛰어났다. 유명한 관광지가 있는 것은 아니지만 내 마음에 쏙 드는 아기자기함이 있는 곳 이 예천이었다. 그리고 이웃들도 친절했다. 궁금한 점을 여쭤 보면 직접 발로 뛰며 알아봐 주셨다. 사실 주변의 이야기를 듣고 경북은 사람들이 무뚝뚝하고 텃세가 세다는 편견이 있 었다. 그런데 전혀 그렇지 않았다. 군청에 가서 상담을 받아

도 친절했고, 무작정 찾아간 마을의 이장님들도 친절하게 안내해주셨다.

예천에 대한 마음이 점점 기울질 때쯤, 예천군에서 진행하는 '도시민 초청 귀농 투어'에 참가하게 되었다. 1박 2일간 진행된 프로그램이었다. 당시 선도 농가 견학으로 작약 농가를 방문했다. 설명을 들어보니, 작약 농사는 다른 사람의 손을 많이 필요로 하지 않고 농사를 지을 수 있는 작물이었다. 초보로서 진입 장벽이 그다지 높지 않다는 점을 알고, 그때부터 농업에 대한 진지한 구상과 고민을 하며 예천을 최종 정착지로 선택했다.

예천으로 가기로 결심한 것이 9월 6일이었다. 이후 한 달 동안은 매주 하루 이틀씩 예천에 내려가 각 면을 돌아다니며 계속해서 빈집, 임차할 수 있는 농지 정보, 주변 환경 등을 살폈다.

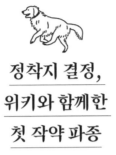

정착지 결정,
위키와 함께한
첫 작약 파종

내려가기로 못 박았던 10월 15일이 되었다. 여전히 집을 구하지 못한 상황이었지만, 모든 짐을 꾸려 내려왔다. 집을 못 구했어도 현지에서 직접 구하는 것이 훨씬 빠를 것이라는 생각에, 나는 예천에 있는 귀농인의 집에서 지내는 불편함을 감수하기로 했다.

각 지자체에서는 예비 귀농귀촌인들을 위해 '귀농인의 집'이라는 임시 거주 시설을 운영한다. 이용 요금은 지자체별로 다르다. 예천군의 경우에는 용궁면과 용문면 이렇게 두 군데 귀농인의 집을 운영하고 있다. 용궁면 귀농인의 집은 1개월

단위로 빌려주고, 용문면은 하루 단위로 빌려준다. 처음에는 언제 집이 구해질지 모르는 상황인지라 용궁면 귀농인의 집에 자리를 잡았다. 귀농인의 집을 운영하던 귀농인연합회 분들 덕에 많은 정보도 얻을 수 있었고, 군청 농정과 귀농귀촌계에서 많은 정보 및 도움을 주셨다.

예천에 내려오고 얼마 되지 않아 처음 정착지를 고를 때와 마찬가지의 고민이 생겼다. '도대체 어느 면에서 살아야 할까?' 하고 고민했는데, 결국 은풍면에 정착하기로 했다. 내려오기 전에 보았던 아름다운 풍경이 있는 동네도 은풍면이었고, 염두에 둔 작물인 작약 농사를 가르쳐줄 수 있는 분이 사시는 곳도 은풍면이었다.

그러기로 하니 용문면에 있는 귀농인의 집이 은풍면과 훨씬 가까웠기에, 용문면 귀농인의 집으로 옮겼다. 새로 옮긴 용문면 귀농인의 집은 차로 작약밭과 5분 거리였기에, 이제는 하루 종일 집도 알아보고 땅도 알아볼 수 있게 되었다. 위키는 용문면 귀농인의 집으로 오면서부터는 다시 위탁처에 맡기기로 했다. 알아볼 것이 많아서 위키를 혼자 놔둬야 하는 경우도 많아졌고, 귀농인의 집은 공공장소이기 때문에 편의를 봐주신다 해도 이곳에서 위키를 데리고 있는 것은 여러모로 눈치가 보였다.

작약은 10~11월경에 심는다. 마침 내가 이곳으로 왔을 때였다. 은풍면에서 작약을 심는 곳을 찾아가 일하며 사람들을 사귀었다. 작약 심는 일을 하니 자연스레 작약 농사 공부가 되었다. 또 그렇게 일하며 사귄 분들을 통해 어디에 가면 빈집이 있고, 연세는 얼마이며, 주인은 어디 사는데 아마 몇 년 계약은 해줄 것이라는 등의 실질적인 정보를 얻을 수 있었다.

직접 나서서 집을 보여주시기도 하고 땅을 소개해주시는 분들도 계셨다.

내가 직접 움직여서 알아낸 정보들은 꼭 필요한 살아 있는 정보들이었다. 서울에 있었거나 결심을 미루거나 인터넷으로 알아보았으면 절대로 알 수 없을 일이었다. 그동안 인터넷을 통해 알아본 빈집 임차료와 땅값에는 거품이 끼어 있다는 점도 알게 되었다. 그러니 좀 더 느긋한 마음이 생겨 형편에 맞는 집과 농지를 구할 수 있었다.

11월 26일, 위키와 나는 본격적으로 우리 농장의 제1작약 밭에 작약을 파종했다. 은풍면 오류리의 야트막한 경사가 있는 밭에 작약 6,000주를 심었다. 그동안 안성 위탁처에 있던 위키도 이날은 데려왔다.

아침 6시, 아직 어둑한 새벽에 위키와 문을 열고 나섰다. 트럭 조수석에 위키를 태우고 앞으로 우리가 작약을 심을 밭에 다른 사람들보다 먼저 도착했다. 위키와 밭 둘레를 한 바퀴 돌면서 말했다.

"위키야, 우리가 여기에 작약을 심는다. 으음 크음 킁크릉 커엉."

위키는 알겠다며 고개를 한쪽으로 폭 눕혔다. 위키와 잠시 작약밭 너머 뜨는 해를 감상했다. 작약밭 너머 낙동강으로 흘러가는 너른 개울이 있고, 물이 굽어지는 곳에 솔경지라 불리는 오래된 소나무들이 희뿌연 물안개와 어우러져 큰 키를 검게 뽐내고 있었다. 참으로 아름다운 광경이었다. 그렇게 한참을 감상하다 준비해온 작약 종근을 위키와 첫 고랑에 심었다.

그러나 아쉽게도 위키는 얼마나 신이 났는지 작업에 어마어마한 방해가 되어 작약을 잠깐 같이 심고는 귀농인의 집으로 쫓겨가야 했다. 위키는 그 후로 작약밭에 가면 늘 신나했다. 위키도 이곳이 우리에게 특별한 곳이라는 것을 분명 알고 있었을 것이다.

드디어
찾았다!

작약 파종도 마쳤지만, 여전히 집은 구하지 못한 상태였다. 가격이 싼 빈집을 겨우 찾았다 싶으면 수리할 곳이 너무 많았다. 워낙 돈이 없었기 때문에 돈을 조금 더 주고서라도 고칠 곳 없이 바로 들어가서 살 수 있는 집이 필요했다. 하지만 그런 딱 맞는 조건을 갖춘 곳을 찾기는 힘들었다. 나는 이제 막 이 동네에 들어온 이방인이었기에, 빈집에 대한 정보는 제한적이었다.

우리 밭에 작약을 심은 것으로 한 해의 농사일이 끝났다. 다음 해 2월이 되면 다른 일들이 쏟아지겠지만, 12월과 1월에는 일이 없었다. 생계를 위해 농한기인 12월과 1월에 도시에 잠깐 나가 택배 알바로 생계에 필요한 돈을 벌기로 했다.

당시 남아 있던 돈이 하나도 없었다. 귀농인의 집에 두 달 정도 있으며 60만 원, 작약밭을 임차하는 데 50만 원, 작약을 심기 전 밭에 로터리 작업을 하는 데 50만 원, 작약 종근을 구입하는 데 210만 원이 들었다. 거기에 매달 50만 원씩 위키 위탁비까지 100만 원을 쓴 상태였다. 당시 나는 150만 원만 들고 내려왔다. 그리고 내려와서 농사일 일당도 모두 보태 작약까지 심었던 터라, 정말로 돈이 한 푼도 없었다.

그렇게 은풍면을 두 달간 떠나 돈을 벌기로 했다. 떠나기 전 이웃분들에게 빈집 좋은 게 나오면 꼭 연락을 달라고 신신당부했다. 그리고 그 기간 동안에도 주말에는 꼭 귀농인의 집으로 돌아왔다. 귀농인의 집을 운영하는 귀농인연합회에서는 내가 확실히 예천군민이 될 거라고 믿어주셔서 이용에 많은 배려를 해주셨다.

서울에 잠시 올라오면서 위키는 양주에 있는 부모님 댁에 맡겼다. 주중에는 서울 친구 집에 머물면서 택배를 했고, 주말에는 양주에 가 토요일에는 위키와 놀고, 일요일에는 예천으로 내려갔다. 두 달간 알바를 하며 500만 원을 벌었다. 다시 예천으로 돌아가기 며칠 전 괜찮은 집이 나왔다는 연락을 받았다.

전화를 받자마자 그새 집이 나갈까 걱정이 되어 위키를 데리고 그 집을 보러 갔다. 마을에서 운영하는 사과체험마을 내에 있는 방갈로였다. 연세 150만 원의 원룸 구조의 집이었다. 패널 집이어서 단열에는 취약해 보였지만, 고칠 곳은 딱히 없었다. 출입문 쪽으로 마당이 있고, 그 밑으로는 위키의 집을 놔둘 만한 넓은 공간도 있었다. 주변에 붙어 있는 이웃집은

한 집뿐이었고, 그렇다고 해서 마을로부터 많이 떨어진 곳도
아니었다. 길가에 면해 있어서 차가 다니기도 좋았다. 정자도
있어서 위키는 정자 위로 폴짝 뛰어올라 혀를 쭉 내밀며 좋아
했다. 집 앞에는 냇물이 흐르고 있었는데, 위키를 데려가자마
자 위키는 추운지도 모르고 첨벙대며 물장구를 즐겼다.

집이 마음에 든 나와 위키는 바로 계약을 하고 며칠 뒤 귀
농인의 집에 있는 짐을 옮겨 오겠노라 말씀드렸다. 계약을 마

치고 다시 서울로 올라오는 길, 이제야 모든 준비가 끝났다. 위키를 위해 시작한 귀농 준비. 아무것도 모르고 시작했지만 내가 준비했던 것들이 끝났다고 생각하니 기분이 정말 좋았다. 몇 달간 떨어져서 잘 참아준 나도 위키도 대견스러웠다. 이제 정말로 위키와 나의 보금자리가 생겼다.

'우리들은 이곳에서 이제 어떻게 살아야 할까? 위키와 나는 오래 행복하게 살 수 있겠지.'

절반의 기쁨과 절반의 두려움을 함께 안은 채, 국도를 달렸다.

5부
짧은 만남과
긴 이별

그동안 우리는 서로를 잘 길러주었다.

다음 생이 있다면,

위키야, 넌 나로 태어나고

난 위키 너로 태어나면 좋겠다.

빨래가
주는 행복

2018년 3월 6일, 위키와 나는 새로운 보금자리인 경상북도 예천군 은풍면 은산리로 이사했다. 집 주변에는 아름다운 곳이 많아 위키와 산책을 하기 딱 좋았다.

집에서 5분 거리에 '백석저수지'와 '곤충나라사과테마파크'가 있었는데, 저수지 주변의 둘레길을 따라 판자가 깔려 있어 걷기 좋았다. 위키와 둘레길을 걸어보니 한 번 도는 데 1시간 20분가량이 걸렸다. 우리는 아침마다 이곳들을 산책했다. '곤충나라사과테마파크'를 지나 좀 더 오르면 '국립산림치유원 다스림'이 나오는데, 이곳에는 깨끗하게 잘 보존된 아기자기하고 청량한 느낌을 주는 장소들이 많았다. 이곳은 둘이서 오

붓이 쉴 수 있는, 우리들만의 비밀 정원 같은 곳이었다. 같은 장소이지만 계절마다 피는 꽃과 계곡의 물소리도 달랐다. 이 숲의 푸름은 수백 수만의 푸름으로 다채롭게 바뀌며 매일매일 새로운 감동을 선물했다.

이곳에는 위키와 함께 뛰고 헤엄칠 수 있는 장소가 수도 없이 많았다. 집 앞의 냇가, 작약밭 앞의 소나무 숲 등 모든 곳이 다 나와 위키의 정원이었다.

이사 후 두 달가량을 아무 일도 하지 않고 위키와 놀기만 했다. 강아지에게 최고 좋은 주인의 직업은 백수라더니, 그것은 맞는 말이었다. 위키와 하루 종일 같이 있으며 아무 생각 없이 지냈다. 우리들의 일과는 무척 단순했다.

일어나고 싶을 때 일어난다. 아무도 없는 산과 공원으로 가서 신나게 뛰어논다. 산에 올라가 배고플 때까지 논다. 밥을 먹고 뒹굴뒹굴하다가 졸리면 잔다. 더우면 계곡으로 가서 물장구치고 배고플 때까지 논다. 밥을 먹고 산책을 간다. 술도 한 잔 마신다. 책을 읽는다. 이렇게 단순한 일과들로 원초적인 하루가 마무리되며 또 새로운 하루가 시작되었다.

그렇게 지내던 어느 날, 뜻밖의 행복을 느꼈다. 빨래를 하던 중이었다. 세탁기가 없었던지라 손으로 빨래를 했다. 집 앞에 빨랫줄을 팽팽하게 묶어두고(얼마 안 가 위키가 물어뜯어 사라졌지만), 빨래 통을 안고 마당으로 나왔다. 두 손으로 빨래를 다부지게 잡고 높이 들었다 힘차게 내리쳤다. 빨래에 묻은 물방울들이 좌락 소리와 함께 흩날렸다. 그러고는 빨래를 주황색 빨랫줄에 널었다. 햇볕이 강렬해서 빨래는 곧 마를 것 같았다. 위키는 내가 털어내는 빨래의 물방울을 맞으며 뛰기도 하고 눈을 찡긋거리기도 하고 털을 털기도 했다. 우리 둘은 까르르 웃으며 그렇게 빨래를 널었다.

문득 이런 생각이 들었다.

'아, 빨래가 행복을 주는구나.'

주위를 둘러보니 빨래뿐이 아니었다. 청소도 그랬고, 밥을 지어 먹는 것도 그랬다. 서울에서 청소를 한 게 언제였을까? 이렇게 밥을 지어 먹은 날이 한 번이라도 있었던가? 청소하고 밥해 먹는 일이 얼마나 중요한데, 서울에서는 그 중요한 일을 돈 버느라 바빠서 못 하고 돈으로 사 먹고 해결했다. 빨래는 세탁기에 대충 돌려 실내에서 꿉꿉하게 말리거나 세탁소로

보냈다.

　그런데 지금은 빨래를 할 시간도 있고, 빨래를 햇볕에 말끔하게 널어둘 마당도 있다. 간혹 바람에 날려 빨래에 터럭이나 검댕이 묻더라도 이제는 다시 빨아도 될 시간이 있었다. 위키가 냇가에서 몸에 잔뜩 흙을 몇 번씩 발라와도 씻기면 그만이었고, 또 다 말라서 보송해질 시간이 충분히 있었다. 우리들은 마음껏 나누고 쓸 수 있는 행복한 시간을 얻었다.

위키의 나이는 여섯 살, 위키의 남은 시간만큼은 이곳에서 함께 살며 행복을 주고 싶었다. 어떤 어려움이 있더라도 도시로 돌아가지 않겠다고 다짐하며 빨래가 주는 행복한 시간에 흠뻑 취한 날이었다. 다 아시겠지만, 위키와의 행복한 시간이 오래가지는 못했다.

꽃을
좋아하는
위키

위키와 나는 시골 생활에 잘 적응했다. 생계를 이어가려면 처음 이사 왔을 때처럼 하루 종일 놀 수는 없었다. 그래도 하루 두 번 산책과 물놀이를 했고, 매일 일하는 것도 아니어서 둘이서 트럭을 타고 여행도 여러 번 다녔다. 다른 집의 농사일을 도와주러 갈 때를 빼고는 늘 함께였다. 작약밭에 가면 위키는 어슬렁거리기도 하고, 뛰기도 하고, 이리저리 꽃향기도 맡았다. 가끔 내 눈을 피해 몰래 혼자 물놀이를 하러 가서는 털에 잔뜩 풀을 붙이고 헥헥거리며 돌아오기도 했다. 점심시간에는 싸 온 도시락을 나눠 먹고, 더우면 나무 밑에 돗자리를 깔고 누웠다. 그럴 때면 위키는 꼭 내 배 위에 얼굴을 폭 올리고

는 내 얼굴을 핥아댔다.

위키와 오랜 시간 같이 있으며 위키가 꽃을 무척 좋아한다
는 것을 알게 되었다. 얼마나 꽃을 좋아하는지 산책을 하다가
도 꽃이 보이면 꼭 뛰어가서 냄새를 맡고는 꽃을 물어뜯었다.
꽃을 보면 유독 좋아 어쩔 줄을 몰라 했다. 그러니 꽃을 물
어뜯는 것도 위키에게는 놀이와 애정 표현이었다. 그러다 보
니 작약을 심은 것이 신의 한 수가 되었달까? 작약꽃이 피어
우리 밭이 온통 분홍색과 붉은색으로 물들자 위키는 정신없
이 좋아 뛰어다녔다. 마치 크리스마스이브에 산타클로스를
보고 좋아서 어쩔 줄 모르는 유치원생 같은 모습이었다.

우리 마을에는 길가나 집들의 모퉁이에 작약을 많이 심어
놨는데, 위키는 작약꽃 옆을 지날 때마다 그 꽃이 작약임을 알
아채고는 그쪽으로 발길을 돌려 킁킁거렸다. 우리 작약밭의
작약꽃말고 다른 꽃에는 애정 표현을 하지 못하게 하느라 애
를 쓰기도 했다.

계절에 따라 피는 개망초, 금계국, 목련, 목화, 모란, 개나리,
산수유, 코스모스, 메밀꽃 등등 위키는 꽃만 보면 꼬리가 프로
펠러가 되었다.

'아, 위키가 꽃을 참 좋아하는구나! 작약 농사짓기를 잘했구나!'

위키가 꽃과 함께 과일도 좋아한다는 것도 알게 되었다. 감나무 밑에 떨어진 감, 사과나무 밑에 떨어진 사과를 찾아내 덥석 물어 콱콱콱 잘도 먹었다. 하루는 사과 한 개를 똑같이 둘이 물고 누가 더 빨리 먹나 시합을 해보았는데, 위키는 나보다 훨씬 빨리 사과를 해치웠다. 감도 마찬가지였다.

'아, 위키가 과일도 참 좋아하는구나. 앞으로 사과 농사도 지어야겠다!'

위키와 지내면서 우리들이 가꾸고 싶은 농장에 대한 꿈을 키웠다. 위키가 뛰어노는 꽃밭이 있고 사과가 주렁주렁 달린 우리들의 농장. 위키 덕에 시작한 농사인 만큼 위키가 좋아하는 농사를 짓고 싶었다. 하지만 꽃밭과 농장을 운영할 만큼의 돈이 없었기 때문에, 꽃 농사 대신 주변의 도움을 받아 쪽파를 심어서 돈을 벌었다. 위키도 쪽파 농사를 거들었다. 쪽파씨를 다듬는 동안에는 훼방 놓지 않고 재롱을 부리며 나를 즐겁게 해줬다.

'이 쪽파를 다 팔아서 꽃 농사를 지으리라!'

그러나 쪽파 농사는 망했다. 들인 노력에 비해 수입은 얼마 되지 않았다. 꽃 농사를 짓기에 턱없이 부족한 돈이었다. 마침 위키의 랜선 이모들이 생긴 터라 랜선 이모들이 쪽파를 많이 사주셔서 얼마의 돈을 손에 쥘 수 있었다. 밭떼기로 넘겼으면 적자였을 텐데, 위키 덕분에 쪽파로 180만 원을 벌었다. 그러나 180만 원 가지고 꽃 농사를 시작할 수는 없었다. 꽃 농사는 아쉽지만 한 해 미루기로 했다.

인싸
강아지,
위키

2018년 11월, 햅쌀이 한창 쏟아져 나오는 시기였다. 농촌의 택배 회사들은 이 햅쌀 덕분에 특수기에 접어든다. 서울에서 십몇 년 농산물을 취급하는 택배를 하던 나는 너무나 완벽한 고급 인력이었다. 그래서 농한기에 예천의 택배 회사에서 아르바이트를 하고 있었다. 오후에 잠깐 쌀을 집하하러 가는 일 외에는 주로 사무실 내에서 송장을 입력하거나 오는 손님들을 상대하는 것이 주 업무였기에 시간이 많았다.

사무실에서 컴퓨터를 하던 중 강아지들에 대해 이야기하는 커뮤니티가 있음을 알게 되었다. 디시인사이드(이하 디시)의 멍멍이 갤러리(이하 멍갤)였다. 별 기대를 안 하고 봤는데, 의

외로 강아지를 너무나 사랑하는 사람들이 있었다. 그동안 디시의 갤러리들에 부정적인 인식이 강했는데, 멍갤은 전혀 다른 곳이었다.

멍갤러(멍갤 이용자)들의 글을 정독해보고는 나도 글을 하나 써서 올렸다. 위키와 내가 귀농한 지 1주년이 되기도 하던 즈음이었기에 제목을 '1인 1멍 귀농 1주년'이라 하고, 우리가 도시에서 시골로 내려와 지낸 지난 1년을 담담하게 썼다. 글을 쓰고 얼마 지나지 않아 디시 앱을 통해 댓글이 달렸다는 알림

음이 울리기 시작했다. 우리의 이야기에 공감해주는 사람들이 있다는 게 신기했고, 댓글에 답글을 달아줬다. 그런데 그 알림음이 하루 종일 멈추지 않았다. 그러더니 급기야 관리자가 댓글을 달았다.

"힛갤(히트 갤러리)로 이동합니다."

힛갤에 등재된 이후에는 악플도 많이 달렸다.

'아! 그래 여기는 디시였지.'

이곳이 디시인사이드임을 깨달을 정도의 강도 높은 악플도 있었다. 그러나 전반적으로 위키의 새로운 삶을 응원하는 진심 어린 유저들이 대부분이었다. 기분이 좋았다. 댓글들을 통해 우리의 삶이 응원받고 있다고 느꼈다. 이때까지만 해도 이렇게 며칠 힛갤 내에서 악플과 선플을 함께 받다 끝날 줄 알았다.

그런데 디시 힛갤 등재는 엄청난 파급력을 지니고 있었다. 내 글을 국내 유명 커뮤니티에서 퍼 나르기 시작하더니 어떻게 알았는지 이메일로 응원한다는 메시지가 쏟아졌다. 그리고는 곧 국내 주요 포털인 네이버, 다음, 네이트의 메인 화면에 올라갔다. 그러더니 이윽고 방송국과 신문사에서 연락이 왔다. 방송사와 신문사 한 군데씩만 인터뷰에 응했다(당시에

는 농사를 제대로 짓고 있는 것도 아니고 아직 1년밖에 되지 않아 귀농인으로 소개되기에는 멋쩍고 부끄러워 적극적으로 응하지 않았다).

어리둥절했다. 어느 날 갑자기 위키는 인기 만점의 인싸(인사이더) 강아지가 되었다. 만약 이때 내가 꽃 농사를 짓고 있었더라면 얼마나 좋았을까 하는 상상을 해본다. 그러면 이때 우리는 신나게 꽃을 포장해서 팔고 있었을 텐데!

이때 수능을 앞두고 있던 여학생 하나가 메일을 보냈다. 동영상으로 위키를 자주 보고 싶으니 유튜브에 올려달라는 부탁을 했다. 그래서 위키 영상을 하나씩 올리기 시작한 것이 지금의 유튜브 채널 〈귀농멍 위키〉다. 이때만 해도 위키의 인기 덕으로 유튜브 구독자가 1,000명은 되지 않을까 생각했는데, 현실은 그렇지 않았다. 구독자가 300명이 되는 데 그 뒤로 세 달이 걸렸다. 유튜브를 제대로 운영하지는 않았고, 단순히 우리의 추억 기록용으로 별다른 편집 없이 올리는 지루한 영상이어서 그랬을 거라고 생각한다.

겨울이 지나고 2019년 봄, 작약 농사를 지으며 지내던 중 SBS 〈TV 동물농장〉의 유튜브 채널인 〈애니멀봐〉에서 연락이 왔다. 우리가 출연한 영상을 보고 〈귀농멍 위키〉 채널 구독자도 5,000여 명이 되었다(재미없는 채널에 늘 들어와 봐주셔서 감사하고 또 죄송합니다).

위키는 정말 인기 있고 유명한 인싸 강아지가 되었다. 많은 랜선 이모들이 위키를 위해 간식을 보내줬다. 후원금을 보내주고 싶다는 분들도 계셨는데, 당시에는 받지 않았다. 위키를 사랑해주는 사람들이 정말 많아졌다. 유튜브 관리가 어려워

제대로 된 영상을 올리지 못하는 관계로 인스타그램을 함께 시작했는데, 그곳에서도 위키를 좋아해주는 분들이 많이 생겼다.

위키는 더 이상 '사람을 보면 으르렁거리는 천덕꾸러기'가 아니었다. 이제 위키는 많은 사람에게 사랑받는 강아지가 되었다. 그래서 기뻤다. 위키는 이제 잘 웃고, 잘 놀고, 자유를 누리는 행복한 강아지였다. 도시 강아지들의 부러움의 대상이었고, 엉뚱한 행동으로 사람들의 마음을 기쁘게 해주는 사랑둥이가 되었다.

이별을
준비하며

2019년은 위키가 가장 많이 사랑받았던 해이고, 또 하늘로 떠난 해다.

〈애니멀봐〉 출연 후 유명해지고, 많은 사랑과 지지와 응원을 받았고, 앞으로 우리 둘의 인생, 견생에 꽃길만 걸으리라는 즐거운 상상과 함께 더욱 행복해지리라 생각했다. 2019년은 출발이 좋았다. 2018년에 떨어졌던 청년 창업농에도 선정되었고, 농업 규모 확장을 위해 새로운 밭도 좋은 조건에 임차했다. 절친한 친구가 합류하여 농사도 같이 짓게 되었다.

또, 작약밭이 있는 곳의 오류2리 이장님을 사귀게 되어서 이장님이 농사일에 많은 도움을 주셨다. 이제는 농기계를 쓰

는 것도 어렵지 않고, 도움을 주시는 분들이 점점 늘어나서 여러모로 2019년은 느낌이 정말 좋았다.

그런데 어느 날 위키가 가출을 했다. 다행히 금방 찾았지만 위키가 이상했다. 살펴보니 자꾸 여기저기에 부딪쳤다. 별로 높지 않은 곳을 점프하는 데도 주저했다. 점프에 성공을 했어도 다시 내려오기를 주저했다. 높낮이 인식에 문제가 있는 것으로 보였다. 일시적인 현상인지 큰 문제가 있는 것인지 관찰했다. 믿고 싶지 않았지만, 관찰 결과 큰 문제가 생겼다고 결론을 냈다. 병원에 가기 전 며칠 사이에 증상이 더 악화되었다. 더군다나 제자리에서 빙빙 도는 모습도 보였다.

평상시 레트리버의 건강에 대한 공부해온 나는 이 증세가 뇌와 관련이 있음을 눈치챘다. 뇌에 이상이 생겼다고 가정을 하고 살펴보니 위키는 확실히 많이 이상했다. 시각, 후각, 통각, 활력 모든 면에서 이상 징후를 발견했다. 빨리 서울의 병원에 데려가야 했다.

그런데 돈이 하나도 없었다. 이때 처음이자 마지막으로 유튜브를 통해 위키 검사를 위한 후원금을 사람들에게 부탁드렸다. 550여만 원이 모금되었다(모금한 돈은 검사비와 치료비로 사용하고 그 후 모든 내역을 공개했다). 평소 일방적인 금전 후원은 받지 않는 것이 원칙이었지만, 위키를 생각하니 어쩔 수 없었다.

위키와 서울에서 다니던 병원에 갔다. 몇 가지 검사를 했고, 주치의 역시 뇌의 이상을 추측했다. 연계 병원에서 뇌의 MRI

를 찍었다. MRI를 찍기 전 연계 병원의 담당 의사와 문진했는데, 담당 의사 역시 뇌의 이상을 추측하고 있었다.

"정확한 수치들까지 나오지는 않지만, 촬영 후 15분 정도 지나면 뇌에 병변이 있는지는 확인이 될 거예요."

위키는 마취실에 들어가기 전까지 계속해서 병원 한가운데를 빙빙 돌았다. 혀를 축 내민 채 빙빙 돌면서 계속 나를 쳐다봤다.

5분 만에 의사가 나왔다.

"뇌에 병변이 많네요. 검사가 다 끝나면 말씀드리겠지만, 뇌에 이상이 있는 것은 확실합니다."

위키가 보통 큰 병에 걸린 게 아니라는 걸 사실 나는 직감하고 있었다. 위키는 병원에 오기 전에 이미 바보가 되어 있었기 때문이다. 그런데 막상 위키가 뇌종양이라는 이야기를 직접 듣고 나니 그 자리에서 오열하게 되었다.

그 병원은 최신식 MRI가 갖춰져 있어 연계된 병원들로부터 의뢰받아 촬영하러 온 강아지와 고양이가 많았다. 위키보다 먼저 들어갔던 동물들과 촬영 후 보호자들의 반응을 그 자리에서 지켜봤는데, 전부 나처럼 오열하며 진료실 문을 나오

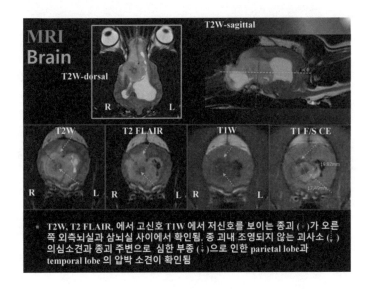

MRI Brain

T2W-dorsal

T2W-sagittal

R   L

T2W | T2 FLAIR | T1W | T1 F/S CE

R   L   R   L   R   L

19.92mm

17.49mm

- T2W, T2 FLAIR, 에서 고신호 T1W 에서 저신호를 보이는 종괴 ( )가 오른쪽 외측뇌실과 삼뇌실 사이에서 확인됨. 종 괴 내 조영되지 않는 괴사소 ( ) 의심소견과 종괴 주변으로 심한 부종 ( )으로 인한 parietal lobe과 temporal lobe 의 압박 소견이 확인됨

고 있었다.

검사를 위해 목의 털을 밀어 하얗게 만질만질해진 위키의 목덜미 속살을 보니 마음이 저몄다. 마취에서 깬 위키는 울부짖었다. 나는 위키가 알고 있다고 느꼈다. 위키도 분명히 자신이 큰 병에 걸렸음을 알고 있었을 것이다. 평생을 아프다가 가는 위키를 생각하니 안쓰럽고 미안했다.

의사는 검사와 관련된 정확한 수치와 판독 결과는 담당 병원으로 보내줄 것이라고 했다. 나는 위키를 데리고 주치의 병원에 와서 위키를 입원시켰다. 한밤중이었다. 한밤중에도 돌

봐줄 병원을 알고 있다는 점이 다행이었다. 주치의와 상담을 했다. 상담이라기보다는 주치의에게 위로를 받았다는 말이 맞을 것이다.

이날은 나와 위키, 병원의 아픈 동물들, 그리고 그 동물들의 보호자 모두가 울던 슬픈 날이었다. 죽음을 맞이하는 일은 인간과 동물 모두에게 똑같이 슬픈 일이다.

무지개다리를
건넌 위키

얼마 지나지 않아 정확한 검사 수치와 판독 결과가 나왔다.

주치의는 조심스레 "예후가 좋지 않아요"라며 입을 뗐다.

"예후가 뭔가요?"

"앞으로 증세가 나아질 확률이 적다는 말씀을 드리는 거예요."

"선생님, 받아들일 준비가 됐으니 그냥 솔직하게 이야기해 주세요."

"위키에게 뇌종양이 이미 심하게 진행되었고, 세상을 떠나는 것은 사실이에요. 그러니 이제 우리는 위키의 병을 고치려고 하는 것이 아니라, 위키가 떠나기 전까지 고통을 덜 받게 우리가 해줄 수 있는 의료적 처치가 무엇이 있을지를 고민하고 실행하는 것을 제안드리고 싶어요. 의사로서 수술이나 시술은 권하고 싶지 않습니다. 수술이나 시술은 이미 나이도 많고 체력이 떨어진 위키가 견디기도 힘들고 괴로워할 거예요."

나는 의사의 말에 동의했다. 위키는 이미 너무나 수척해진 바보였다. 병원에 오기 전날에도 위키는 4시간을 빙빙 돌다가 내 품에 쓰러져 잤다. 화장실 변기 옆 벽에 부딪쳐 빠져나오지 못하던 위키다. 의사가 아닌 내가 보아도 위키의 MRI 사진은 정상이 아니어 보였다.

우리는 위키가 앞으로 1년을 더 사는 것을 목표로 했다. 이때가 2019년 9월 말이다. 위키와 나는 다시 예천으로 돌아왔다. 그래도 위키는 약을 먹으니 고통은 좀 덜한지 웃는 모습을 많이 보여줬다.

위키는 바보가 되었다. 머리가 아프니 바보가 되는 것은 당연한 일이다. 하지만 나는 위키가 바보가 되는 병에 걸려서 다행이라고 생각했다. 못 걷는 병이었다면 너무 괴로웠을 것이다. 바보 같은 위키가 진짜 바보가 된 것일 뿐이라고 생각하기로 했다. 우리는 여전히 산과 들로 놀러 다녔다. 다른 집에 가

서 농사를 거들고 돈을 받는 일은 하지 않았다. 남은 시간이 너무나 소중했기 때문이다.

이제야 실감이 되었다. 강아지의 시간은 인간의 시간보다 빠르게 흐른다. 언제로 끝나게 될지 모를 우리 둘의 삶을 아끼고 이별의 준비를 해야 했다. 쉬운 일은 아니었지만 차츰 이별을 받아들였다. 후회가 남지 않게 하고 싶었다. 그러나 지금 돌이켜 보면 모두 후회스러운 일투성이다. 그러니 모두들 아픈 강아지가 있다면 좀 더 잘해주길 바란다.

10월 31일과 11월 1일은 위키가 서울의 병원에 방문하는 날이었다. 이때를 맞아 위키의 유튜브 구독자 언니들과 팬 미팅을 하기로 했다. 랜선에서 받은 사랑을 위키가 직접 느꼈으면 했다. 위키는 목욕을 하고, 예쁘게 털을 빗고, 서울로 올라가서 랜선 이모와 삼촌들을 만났다. 위키가 혹시 으르렁대면 어쩌나 걱정을 했지만, 위키는 잘 따르고 계속해서 웃으며 사람들을 홀렸다. 선물도 많이 받았다. 이날의 위키는 세상 누구보다도 행복한 강아지였다. 누구라도 위키를 만질 수 있었다. 위키는 웃어주었고 몸을 내주었다. 내가 지금껏 본 모습 중 손가락으로 꼽을 만큼 평화로운 모습의 위키였다. 사람들은 위키가 너무 귀엽다며 좋아했고 쾌유를 빌었다.

한편 이날의 팬 미팅으로 나도 성공한 덕후가 되었다. 어렸을 때부터 성남FC 축구단의 팬이었는데, 이날 오신 분들 중올림픽 축구 대표 팀 감독이신 김학범 감독님의 아드님이 계셨다. 김학범 감독님은 성남FC의 레전드 감독이다. 나는 김학범 감독님의 오랜 팬이었다. 그런데 그분의 아들이 팬 미팅에와서 김학범 감독님과 손흥민 선수, 황의조 선수의 친필 사인을 선물로 주셨다. 특히 김학범 감독님 사인에는 "한위키의 쾌유를 빕니다"라고 손수 적어주셨다. 이야기를 들어보니 감독님 댁에도 마루라는 골든레트리버를 기르고 있다고 한다.

그날 만났던 많은 분들 중 또 기억나는 분이 있다. 지효라는어린이였다. 지효는 위키를 너무나 좋아하는 아이였다. 어린이인지라 엄마와 함께 팬 미팅 장소에 와야 했는데, 엄마의 퇴근 시간이 있다 보니 제시간에 오기가 힘들었다. 그런데 지효어린이의 집이 위키의 병원 근처라서 우리는 지효를 따로 만나러 지효의 동네로 갔다. 위키는 지효 옆에 차분히 앉아서 웃었다. 어린아이와 그 옆에 있는 위키를 보니 마음이 포근했다. 둘 다 천사였다. '이렇게 위키가 사람들과 어울릴 수 있도록진작 자리도 마련하고 했으면 얼마나 좋았을까?' 하고 잠시

후회했다.

　그리고 닷새 뒤인 11월 6일, 위키는 무지개다리를 건넜다.

　그날 밤 잠깐 외출을 하고 돌아왔다. 그런데 위키가 움직이질 않았다. 죽은 것 같았다. 흔들어도 위키는 일어나지 않았다. 죽은 것 같은 게 아니라, 죽었다. 위키는 내가 없는 사이 무지개다리를 건넜다. 믿기지가 않았다. 그러나 사실이었다. 아무리 흔들어도 움직이지 않는 위키를 끌어안고 침대로 데려갔다. 꼭 끌어안고 잤다.

　다음 날 분명히 깼는데, 깨고 싶지 않았다. 내 옆에 있는 위키가 죽었다는 건 알고 있지만, 눈으로 확인하고 싶지 않았다. 그래도 일어나야 했다. 그 몇 시간 사이에 위키는 점점 굳고 있었다. 평상시 위키의 건강과 관련해 많은 도움을 준 땡자 엄마에게 전화를 했다(땡자는 같은 해 6월에 무지개다리를 건넜다). 땡자 엄마에게 장례식장을 추천받았다.
　위키가 마지막으로 덮었던 이불로 위키를 감싸고 차에 옮겼다. 이대로 장례식장으로 갈 수는 없었다. 위키와 처음으로 갔던 바다로 갔다. 구불구불한 산길을 달려 삼척 갈남항에 도착했다.

위키에게 마지막 편지를 썼다.

우리가 같이 바라보던 바다를 보니
우리가 같이 살았던 6년 10개월의 순간들이
눈앞에 펼쳐졌다가,
곧 그렁그렁한 눈물과 함께 사라진다.

그동안 우리는 서로를 잘 길러주었다.
다음 생이 있다면,
위키야, 넌 나로 태어나고
난 위키 너로 태어나면 좋겠다.

그래서 위키야, 네가 나에게 간식을 주고,
나를 보고 "호이쁘이~ 코~"라고 불러주면 참 좋겠다.
잘 가. 고마워. 우리 또 보자.

저녁 7시, 제천에 있는 장례업체에 도착했다. 염을 하기 전 나는 위키의 털을 잘라 따로 보관했다. 나중에라도 위키가 생각났을 때 꺼내 보기 위해서였다(아주 잘한 일이었다. 지금도 위키가 보고 싶으면 꺼내 본다). 위키가 세상을 떠났다는 것을 듣고 평소 위키에게 사료를 후원해주시던 한국프로비던스동물약품 박준영 대표님께서 장례식장까지 와주셨다. 참으로 감사했다.

대성통곡하며 울음을 그치질 못했다. 위키는 재가 되어 상자에 담겨 나왔다.

이제 정말 위키는 없다.

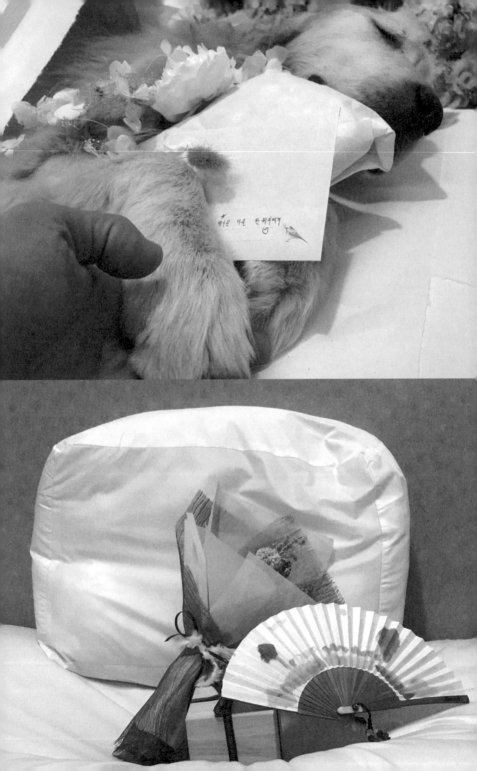

6부
그 후의 이야기,
농장 '귀농멍 위키'

위키가 떠난 후 꿈이 생겼다.

나는 부자가 되고 싶다.

그래서 번 돈을 동물들을 위해 펑펑 쓰고 싶다.

여러분 우리 꽃, 사과, 작약 많이 사주세요!

다시
일어나다

위키가 떠나고 예천으로 다시 내려가는 것이 주저되었다. 용기가 나지 않았다. 시골에서의 생활은 위키로 인한 선택이었다. 하지만 이제 예천에는 위키가 없다. 그래서 내려가는 것이 무서웠다. 다시 내려가서 잘 생활할 수 있을까? 내려가서 산다 한들 나는 무엇을 할 수 있을까? 제대로 밥이나 먹고 살 수 있을까? 농사는 지을 수 있을까? 농사는 위키 때문에 시작한 것이었다. 게다가 농사라고 해봐야 작약밭 한 떼기를 심었을 뿐, 제대로 짓는 것도 아니었다. 어떻게 살아야 할지 무엇을 해야 하는지 생각할 수 없었으며, 내 몸의 반쪽이 떨어져 나간 듯한 고통 속에 있었다.

그렇게 스무 날 남짓을 매일 소주를 마시다 고꾸라지기를
반복했다. 그저 술이나 처먹으며 고통 속에 살고 있었다. 그날
도 역시 술을 마시고 잠이 들었다. 꿈을 꾸었는데, 위키가 나
왔다. 꿈속의 위키는 능숙하게 트랙터를 몰아 트랙터 바가지
로 집을 부숴버렸다. 그러고는 집터를 트랙터로 로터리(땅을
갈아엎는 작업) 친 후 나를 태웠다. 꿈에서 깼다. 트랙터를 탄
위키의 모습이 생생했다.

위키가 꿈에 나타나 계시를 준 건 아닐까? 우습게 들리겠지만, 정말 이 꿈 때문에 다시 내려갈 생각을 했다. 위키가 트랙터를 몰고 집터를 다듬은 것은 빨리 내려가서 다시 농사짓고 잘 살라는 의미라고 해몽했다. 꿈에서 깨자마자 예천으로 향했다. 내려와서 위키의 물건들 중 버릴 것은 버리고 태울 것은 태우고, 간직할 것은 잘 챙겼다. 그동안 있던 일들을 정리하며 다시 마음을 다잡았다.

주저 없이 꽃 농사를 짓기로 했다. 위키가 좋아하던 꽃을 농사짓는 것이 가장 즐겁게 농사지을 수 있는 일이었기 때문이다. 지금 당장 겨울에 심을 수 있는 꽃을 알아봤다. 튤립이 있었다. 튤립 구근 5,000개를 사서 위키와 심었던 쪽파밭을 걷어내고 심었다. 어떻게 가꿔야 하는지도 몰랐고, 나중에 어떻게 팔지에 대한 고민도 하지 않았다. 그저 위키를 추모하는 마음으로 심은 꽃이 튤립이었다.

튤립은 겨울 추위를 견디고 2020년 3월, 봄이 되며 새싹을 틔웠다. 그제야 이 많은 튤립을 어떻게 처리해야 할지 고민을 했다. 5,000개나 되는데 어디다 팔지? 하필 코로나가 터졌다. 화훼 농가들이 연이은 행사 취소로 망해가고 있다는 뉴스가 나왔다. 하물며 우리 농장 튤립은 약도 안 치고 비료도 안 써서 키가 작아 다른 예쁜 꽃들에 비해 상품 가치마저 떨어졌다. 그래서 공판장에서 받아주지 않는다. 혹시나 하는 마음에 유튜브와 인스타그램에 직거래 글을 올렸다.

글을 올리고 하루가 채 지나지 않았는데, 많은 분들이 글을 퍼 옮기며 자연스레 홍보가 되었나 보다. 특히 한섬팬클럽이라는 카페의 회원들과 유튜브 구독자들의 주문이 쏟아졌다(이 분들은 이후로 우리 농장의 열렬한 우수 고객이 되어주셨다. 정말 감사드린다). 이틀 만에 분홍색 튤립과 보라색 튤립을 다 팔고,

이어서 판 다홍색 튤립과 노란색 튤립도 판매 시작 하루 만에 모두 다 팔았다. 며칠 전까지만 해도 모두 파묻는 게 아닐까 싶었는데, 뜨거운 성원을 받았다. 동물과 꽃을 사랑하는 분들이 이렇게나 많다니……. 정말 고맙고 신기한 경험이었다. 게다가 돈을 300여만 원이나 벌었다. 앞으로 꽃 농사를 본격적으로 해야겠구나 생각했다.

천국의
영업 사원
위키

튤립을 완판하고 유기 동물 단체에 89만 원을 기부했다. 위키 덕분에 시작한 꽃 농사이니 수익의 일부를 위키처럼 힘든 상황에 놓인 동물을 위해 일부 나누는 것이 맞는 일이라 생각했다.

튤립 농사를 계기로 위키가 좋아하던 꽃 농사로 생계를 이어갈 수 있다는 가능성을 확인했다. 이어서 작약꽃도 팔기로 했다. 우리가 심은 작약은 화훼용이 아닌 한약재용이다. 그래서 원래는 뿌리 생장을 위해 꽃이 피기 전에 모두 잘라내야 한다. 하지만 애초에 나는 위키를 추억하기 위해 작약꽃을 피우려던 참이었다. 그런데 이제 이 꽃을 아껴줄 고객까지 생겼으니 위키는 그야말로 천국의 영업 사원이었다. 위키를 추억하며 많은 분들이 작약을 구입해주셨다. 작약은 2,000송이가량을 팔았다. 작약의 수익금 역시 일부를 유기 동물과 나눴다.

튤립과 작약의 판매를 마치며 우리 농장이 나갈 길은 꽃 농장임을 확실히 알았다. 꽃 농사에 대한 확신이 서며 사업자 등록을 했다.

상호: 농장 귀농멍 위키
업종: 농업
업태: 과수, 채소, 약용작물, 화훼 재배업

사업자 등록을 마치고 농장의 사훈도 만들었다.

1,000명의 뜻이 있는 고객과 꽃을 나누고,
100마리의 동물을 살리며,
1명의 농부가 자립한다.
우리는 우리가 실천할 수 있는 범위에서 지구를 덜 해롭게 하는 농업을 지향한다.
이것이 우리 농장의 결심이고 존재 가치이다.

이에 따라 우리 농장은 지속적으로 수익 금액의 10퍼센트 이상을 유기 동물에게 기부하고, 작물에 따른 최소한의 화학 비료와 농약을 사용하기로 했다.

관행 농업(화학비료와 유기합성 농약을 사용하여 작물을 재배하는 관행적인 농업 형태)은 유기농과 달리 화학비료와 농약을 사용하기 때문에 부정적인 시각으로 보는 사람도 많지만, 반면 식량 생산량이 늘어나 인류의 발전에 기여한 바 있는 중요한 농업 형태다. 비료나 농약을 사용하지 않으면 농사 자체가 힘든 작물도 있으니 말이다.

우리 농장에서는 작물의 특성을 고려하여 최소한의 관행 농업을 해야 한다는 원칙을 정했다. 다시 말해, '농약이나 비료가 없이도 잘 자라는 작물은 화학비료나 농약을 쓰지 않는다'라는 원칙이다. 튤립과 작약이 그렇다. 그러나 사과의 경우에는 농약을 쓰지 않고 사과를 기르기는 매우 힘들다. 그래서 최소한의 농약을 쓴다. 그리고 탄소 배출을 줄이기 위해 반사 필름, 착색제 등을 사용하지 않고 저온 저장보다 당일 수확 출고만을 시행하고 있다. 내가 지킬 수 있는 만큼 실천하는 것이 중요하다고 생각한다. 관행 농업과 유기농이 저마다의

가치가 있는 만큼, 우리 농장의 시도 또한 가치 있는 농업의 한 방향이라고 믿는다.

다행히 이런 우리 농장의 뜻에 공감해주는 고객이 많았다. 튤립과 작약에 이어서 판매한 사과도 이런 고객들 덕분에 완판했다. 사과를 완판하고 나서 위키가 아팠을 때 유튜브 구독자님들께서 병원비 550만 원을 기부하셨던 일이 떠올랐다. 나는 내 몫의 사과 수익금 전부를 유기 동물 단체에 기부했다. 이로서 2020년 우리 농장이 기부한 총 금액은 650만 원이 되었다. 늘 위키를 아껴주신 후원자분들께 감사한 마음이 있는데, 보답할 수 있어 좋았다. 무엇보다 위키가 기뻐했을 거라 믿는다. 사과 수익금 기부를 마치고 내 수중에 남은 돈은 7,000원이었다. 나는 7,000원으로 내 인생에 가장 맛있었던 쟁반자장면 한 그릇을 사 먹었다. 나는 마음의 부자가 되었다.

이 글을 쓰고 있는 2021년 올해도 튤립과 작약꽃을 모두 완판했다. 날씨 때문에 농사를 망쳐 생산이 줄어든 탓에 수익금이 얼마 되지 않았지만, 상당액을 유기 동물 단체에 나눴다. 내년부터는 대출을 받아서 규모를 늘리려 한다. 지금 같

은 소규모로는 상당액의 기부를 지속하면서도 먹고살 만큼의 수익을 얻기가 힘들기 때문이다. 다행스러운 점 하나는 우리 농장의 가치를 응원하는 고객들이 차츰차츰 더 많아지고 있다. 위키가 떠난 후 꿈이 생겼다. 나는 부자가 되고 싶다. 그래서 번 돈을 동물들을 위해 펑펑 쓰고 싶다. 여러분 우리 꽃, 사과, 작약 많이 사주세요!

차세대
귀농멍, 엘로

위키가 떠난 후 다시는 강아지를 기르지 못할 줄 알았지만, 비엘사(이하 엘로)라는 짭트리버 강아지를 기르게 되었다. 짭트리버는 레트리버 믹스라는 이야기다. 위키가 떠나고 세 달이 지난 2020년 2월, 오랜만에 부모님 댁에 갔다. 강아지가 많았다. 부모님 댁에는 윈터라는 래브라도레트리버가 있었는데, 그 녀석이 새끼를 낳은 것이다. 다섯 마리가 있었는데, 그 중 한 마리는 털이 검은색이었다. 부견이 떠돌이 믹스견이었던 것이다. 어머니께서 알려주셔서 부견이 누구인지 알게 되었는데, 짤막한 바둑이였다. 윈터 몸뚱어리의 절반은커녕 3분의 1 크기도 채 안 되는 개였다.

부모님께서 개를 여러 마리 기를 여력이 안 되는 것을 알고 있었기에, 이 꼬물이들에게 새 가족을 찾아주기로 했다. 다섯 마리인지라 이름을 임시로 일키, 이키, 삼키, 사키, 오키로 짓고, 위키가 다니던 병원에 데려가 기본 검사를 하고 1차 접종을 했다.

인스타그램과 유튜브에 입양, 임보(임시 보호) 글을 올렸다. 한 달여 만에 다섯 꼬물이 모두 새 가족을 찾았다. 일키, 이키, 사키는 입양을 갔고, 삼키와 오키는 임시 보호를 갔다. 입양을 간 아이들은 모두 외모가 뛰어났다. 반면 임보를 간 삼키는 부견을 많이 닮은 외모였고, 오키는 검은 강아지였다. 안타깝게도 외모에 따라 가족을 찾는 순서도 달랐다. 예쁘지 않으면 입양될 확률이 낮다. 다행히 삼키와 오키도 임시 보호 가정을 찾았다.

결과적으로 다섯 꼬물이 모두 새 가족들에게 입양이 되었다. 그리고 그중 이키가 바로 지금 나와 함께 살고 있는 비엘사다. 이키는 혼자 사는 젊은 사람에게 입양을 보냈는데, 그곳에서 너무 짖고 긁는다는 이유로 파양이 되었다. 직접 이런 일을 겪고 보니, 왜 많은 유기 동물 입양 기관에서 새 가족을 찾아줄 때 미혼의 10~20대를 꺼리는지 알게 되었다. 다른 가족이 없이 홀로 강아지를 보살펴야 하기 때문에도 그렇고, 보살핌이 필요한 강아지를 위해 자신의 시간을 희생하는 것은 혈기왕성한 젊은 사람들에게는 힘들 것이라 생각한다.

결국 이키는 내가 다시 데려와야 했다. 그리고 비엘사라고 새로 이름을 지었다. 비엘사는 리즈 유나이티드 FC의 감독 이름이다. 비엘사를 데려오던 즈음에 리즈 유나이티드 FC는 16년간의 2부 리그 생활을 마치고 1부 리그인 EPL 승격을 확정했다. 오랜 리즈 유나이티드 FC 팬인 나는 이를 기념해서 이름을 비엘사라고 지었다. 그러나 현재는 발음이 편해서 별명인 엘로라고 주로 부르고 있다. 위키는 살아생전 별명이 많았다. 코, 맹우, 뺑우, 코렁탕, 호이뽀이 등등. 위키의 아성을 넘어서기 위해 비엘사도 지금 별명이 서른 개가 넘는다.

엘로는 후회 없이 기르고 싶어 조금만 괴롭히고(장난치고) 사랑을 많이 주고 있다. 그래서 엘로는 인간 의존증에 걸린 게 아닌가 싶다. 엘로는 위키와 달리 어렸을 때부터 완벽하게 예방접종을 하고 사회화도 했다. 엘로는 다른 강아지들과 아주 잘 논다. 이렇게 성격이 좋은 강아지가 어디 있을까 싶다.

엘로는 위키가 보내준 선물이라 여긴다. 다만 선물을 보낼

때 이상이 있었는지 지능이 위키보다는 떨어진다. 위키는 가르치지 않았는데도 한 번에 '앉아, 엎드려, 돌아, 가져와'를 배웠다. 그런데 엘로는……. 아, 더 이상 자세한 설명은 생략하기로 한다. 장난감에 간식을 숨겨주면 위키는 혀와 발, 입을 이용해서 꺼내 먹거나 뜻대로 안 되면 장난감을 부숴버리고 간식을 먹었다. 그런데 엘로는 그저 냄새로 킁킁거리다가 장난감이 굴러가 우연히 간식이 떨어지면 그제야 먹는다. 한마디로 얻어걸리는 것만 먹는다. 발도 혀도 꼬리도 쓰지 않고, 그렇다고 장난감을 부숴버리고 먹이를 꺼내지도 않는다. 그 대신 엘로는 다른 동물의 똥과 지렁이와 개구리를 자꾸 먹으려 한다. 아, 엘로야…….

머리는 좀 나쁘지만 엘로는 천사견이다. 어딜 가나 사람들의 사랑을 듬뿍 받는다.

위키와 걷던 오솔길, 위키와 물장구치던 개울.

이제는 그곳을 엘로와 함께한다.

엘로와 놀다 보면 위키가 생각난다.

위키가 보고 싶다.

영원히 보고 싶을 것이다.

언제가 될지 모르는 우리가 만날 그날, 위키에게 해주고 싶은 이야기들을 만들기 위해 오늘도 나는 농장에 가서 꽃을 심는다.

위키가 떠난 지 1년 7개월이 지났다. 처음만큼은 아니지만 여전히 위키가 보고 싶다. 밤이 되면 더욱 위키가 그립다.

위키에 대한 기억은 어떤 날은 기쁨이 되기도, 또 어떤 날은 슬픔이 되기도 한다. 그래서 어떤 날은 위키 생각에 웃기도 하고, 어떤 날은 펑펑 울기도 한다.

위키는 나를 기억할까? 위키에 대한 기억이 점점 흐려질 때면 위키가 살아 있을 적 썼던 글과 사진을 뒤적여본다. 사랑은 영원하지만 기억은 영원하지 않은 것 같아 위키에게 미안한 마음이 든다. 그럼에도 위키가 하늘에서 여전히 나를 기억해주기를 바라니 여전히 나는 못난 아빠다.

우리 농장 물건들에는 구석구석 아무도 모르는 비밀이 있다. 내가 매직펜으로 '코'라고 글자를 적어놓았다. 코는 내가

제일 좋아하는 위키의 별명이다. 누가 보라고 적어놓은 것이
아니다. 자세히 살펴봐야만 보이는 곳에 적어놨다. 누구도 들
여다보지 않을 호미 자루 밑바닥, 전지가위 손잡이 안쪽 같은
곳에 적어놨다. 혼자 몰래 보고 싶어서다. 일을 하다 한 번씩
그렇게 적어놓은 '코' 한 글자를 쳐다본다.

나의 코도 하늘에서 씩씩하게 놀다가 가끔 한 번씩 아빠를
추억해주면 좋겠다.
내 마음속 영원히 언제나 푸른 소나무.
한위키.

코